Gerd Peschek

Wohlstandsblüten

© 2021 Gerd Peschek

Verlag & Druck: tredition GmbH, Halenreie 40-44, 22359 Hamburg
978-3-347-26526-4 (Paperback)
978-3-347-26527-1 (Hardcover)
978-3-347-26528-8 (E-Book)

Bibliografische Information der Deutschen Nationalbibliothek: Die Deutsche Nationalbibliothek verzeichnet diese Publikation in der Deutschen Nationalbibliografie; detaillierte bibliografische Daten sind im Internet über http://dnb.d-nb.de abrufbar.

Gerd Peschek

Wohlstandsblüten

Eine ganz private Wahrnehmung unserer Wohlstandswelt. Wahrzunehmen, was der Mainstream
so alles vorbeischwemmt, wie sich die Menschen
im Mainstream treiben lassen und wie sich der
Mainstream immer wieder neu erfindet.

Vom Essen über die Weißwurst zum Schweinebraten, von alles „to go" bis zu blühenden Landschaf-
ten, von der Corona Pandemie bis zu Friedrich
Schiller spannt sich ein Bogen voller Geschichten.
Von genüsslicher kabarettistischer Betrachtung bis
zu ernsten Glockenklängen.

Zum Titelbild

Die im Titelbild dargestellte Skulptur des Lippstäd-
ter Künstlers Ernst Ewers zum Rode mit dem Titel
„Darf´s auch etwas mehr sein", ist sein Beitrag zu einer Ausstellung zum Thema Verknüpfungen.
Der Künstler über sein Werk:
*Die Kunst bezieht sich nicht auf den Knoten, der ja nur
ein Ende darstellt, es geht auch nicht um die Wurst, sondern um die „Verknüpfung" der optischen Wahrnehmung
des Werkes mit seinem Kunstanspruch. Durch eine Verknüpfung entsteht ein Spannungsfeld zwischen zwei Ge-
gensätzen. Sinn der Verknüpfung ist der Zweifel. In unserer verknüpften Welt herrschen Vertrauensverlust und
Fake News, die uns immer wieder zum Zweifel aufrufen.
Die Kunst ist wie ein Seismograf der Gesellschaft. Sie ist
provokativ aber auch oft leider fragwürdig. Dieses Werk
ist Provokation und Aufforderung an den Betrachter, die
Kunstobjekte zu hinterfragen beziehungsweise sich ein
Urteil zu bilden bevor der Kunstkritiker das Wort ergreift.*

Der Knoten als eine Verknüpfung von Anspruch und
Zweifel.
Eigene Meinung oder Kunstkritiker?
Kunst oder Knackwurst?

Inhalt

Vorwort

Ich sitze am Ufer und sehe,
was der gemeinhin als „mainstream"
bezeichnete alles so vorbei schwemmt.

Ich sitze am Ufer und stelle fest,
dass sich immer mehr Menschen vom
„mainstream" treiben lassen.

Ich sitze am Ufer und nehme wahr,
wie sich der „mainstream" immer wieder
neu erfindet.

Der Spagat beim Essen

Eine genüssliche Betrachtung

Wir leben nicht um zu essen,
wir essen um zu leben.

Sokrates hat diesen Satz sehr wahrscheinlich als Entgegnung auf die lukullischen Ausschweifungen des griechischen Lebens gesagt. Griechenland stellte in der Zeit vor Christus den Gipfel des abendländischen Lebens dar. Kultur und Luxus schlugen sich auch auf die Esskultur nieder. Das Gleiche war auch bei der ihr nachfolgenden römischen Kultur zu beobachten. Ist viel vorhanden, wird viel konsumiert. Je größer der Wohlstand, umso opulenter das Mahl. Das setzt sich in der Geschichte immer wieder fort. Das können wir auch in Deutschland feststellen.

Deutschland können wir eine große Bandbreite erkennen: sie reicht vom hochnoblen Speiselokal bis zum Metzger Mittagstisch, von elegant dekorierten Tafeln bis zum Stehimbiss. Sie reicht vom bloßen Ernähren bis zu lukullischen Schleckereien, von exotischen Genüssen bis zur Leberkäsesemmel. Gerade beim Essen zeigt sich Extravaganz und Dekadenz.

Verhungern wird man in Deutschland nicht. Restaurants, Gasthöfe, Imbissstände, egal wo du bist, irgendwo findest du immer etwas zu essen. Egal, welche öffentliche Veranstaltung stattfindet, Versorgungsstationen sind überreichlich vorhanden. Ob Volksfest, Weihnachtsmarkt oder andere Feste, das Angebot an Essen und Trinken ist üppig und vielfältig. Man trifft sich auf diesen Veranstaltungen, man stopft in sich hinein und man spült kräftig nach. Gut, das gilt jetzt nicht für jedermann, aber wenn wir einmal etwas genauer hinschauen, dann wird auf vielen Festen hauptsächlich gegessen und getrunken. Der Sinn des Festes spielt bestenfalls die zweite Geige.

Betrachten wir die Gastronomie, so ist bei uns jede Kategorie vertreten. Lukullisch exquisit sind die Lokale, die mit Sternen oder Hauben oder sonstigen Zeichen hoch dekoriert sind. Von ausgewählten Testern wird die kulinarische Leistung bewertet. Diese Auszeichnungen sind eine Anerkennung von hervorragenden Leistungen, so wie in allen anderen Branchen auch, Auszeichnungen für etwas Besonderes. Die Sehnsucht nach Anerkennung und Belobigung, aber auch nach Öffentlichkeit, ist in den Menschen tief verwurzelt. Stand 2019 gibt es nach Michelin, dem bekanntesten Restaurantführer, 309 Sternelokale in der deutschen Kulinarlandschaft.

Bei der Bewertung von Michelin bekommt nicht der Koch, beziehungsweise der Küchenchef den Stern, sondern das Restaurant. Das ist auch richtig, denn die lobenswerte Beurteilung gilt dem ganzen

Team. Der Küchenchef darf sich zwar Sternekoch nennen, aber er kann den oder die Sterne nicht auf ein anderes Lokal übertragen. Dort muss er ihn für das neue Restaurant erst wieder neu erwerben, beziehungsweise er muss sich seine Sterne neu erarbeiten, also besser gesagt, neu erkochen.

Der zu vergebende Höchstwert sind 3 Sterne. Diese Restaurants werden zumeist von einem Publikum besucht, das den entsprechenden Geldbeutel hat, den Geschmack und den Stil, so etwas genießen zu können. Ausnahmen bestätigen die Regel: es gibt auch Menschen, die nur den vollen Beutel haben, aber vom Essen wenig verstehen. Sie wollen vor allem zeigen, was sie sich alles leisten können. Eine andere Klientel sind die Menschen, die sich nur zu besonderen Anlässen so eine Küche leisten. In einem Drei-Sterne-Lokal legt man gerne mal für ein mehrgängiges Menü zu zweit mit entsprechender Weinbegleitung einige hundert Euro auf den Tisch. Der hohe Preis ist berechtigt, wenn man bedenkt, dass in einer Sterneküche zehn und mehr Leute beschäftigt sind. Für Qualität und Präsentation wird ein großer Aufwand betrieben. Kochen auf diesem Niveau ist Handwerkskunst.

Zu einem gehobenen Speisen gehört auch der entsprechende Service, der den Gast mit Beratung und Taktgefühl während des Menüs begleitet. Essen und Service auf gleich hohem Niveau.

Genau dies macht die Atmosphäre eines stilvollen Restaurants aus und rechtfertigt den höheren Preis.

In vielen Restaurants hat die Speisekarte eine eigene Sprache. Oft findet man blumige und durchaus appetitanregende Formulierungen.

Eine Currywurst mit Pommes könnte so angekündigt werden: *Brät vom Bio-Schwein in Tomaten Curry Jus an Stäbchen von der Kartoffel.* Statt Schinkenröllchen würde auf der Karte stehen: *Garnierter Wrap von zarten Scheiben der Schweinekeule á la Mode de Mahon.*
Ein Nudelsalat würde als *kolorierte Melange von Pasta an jungem Gemüse* angeboten.

Einige Lokale bedienen sich der französischen Sprache, denn in Frankreich soll die Feinschmeckerei ihre Heimat haben. Hackfleischbällchen heißen dann „*Boulette de boeuf sauté*". Der Klassiker Schnitzel mit Pommes wird zum „*Escalope panée avec des pommes sautés*" hochstilisiert. Wünscht man dazu einen gemischten Salat, so bestellt man „*Bouquet marktfrischer Salatvariationen*".

Eine originell formulierte Speisekarte kann eine Art Appetitanreger sein. Die Vorfreude auf ein gut zubereitetes Mahl intensiviert die Geschmacksnerven. Allerdings hat diese Art der Beschreibung wie die gesamte Kochkunst auch einen Nachteil. Diesen erkannte bereits Benjamin Franklin im 18. Jahrhundert, er behauptete, seit der Erfindung der Koch-kunst äßen die Menschen doppelt so viel, wie die Na-tur verlangt. Es ist die Wahrheit.

Die Sternegastronomie ist die eine Seite des Es-sens, die Dönerbude die andere. Hier trifft sich meist eine andere Bevölkerungsschicht. Stil und Art des Essens sind deutlich auf einem anderen Niveau. Auch die Sprache hört sich anders an:

„Ey, schieb mal ´nen Döner rüber, aber mit scharf" oder *„Döner mit alles zum hier esse"*.

Während auf der einen Seite gespeist wird, wird an der Dönerbude gestopft und gemampft. Anders ist so ein gefüllter Doppeldeckers auch gar nicht zu be-wältigen. Hält man als Ungeübter so einen mit Fleisch, Zwiebel, Soße und Salatblatt gefüllten Appa-rat in der Hand, überkommt einen die Angst, den Kiefer auszuhängen oder die Maulsperre zu bekom-men. Es gehört schon eine spezielle Technik und Fin-gerfertigkeit dazu, einen Döner seiner Bestimmung zuzuführen, ohne dass deutliche Spuren im Gesicht und an der Kleidung sichtbar werden. Beim beidsei-tigen Zusammendrücken des Döners, um ihn mund-gerecht zu machen, schießt die Soße nach vorn auf das Hemd und nach hinten entfernen sich die Zwie-beln in Richtung Hose. Das einseitige Quetschen ist auch nicht die Lösung, denn der Fluchtweg des In-halts ist dann jeweils auf der anderen Seite offen.

Und wenn ich jetzt mal ehrlich bin, so ab und zu stelle ich mich auch mal an so einem Imbissstand an, natürlich mit den entsprechenden Folgen, da die Feinmotorik nicht zu meinen Stärken gehört.

Ob man einen Döner als Speise bezeichnen kann, bezweifle ich. Aus meiner Sicht ist er eigentlich nur ein Mittel, das Hungergefühl abzustellen. Es ist eigentlich egal, was für ein Fleisch zwischen den weichen Wabbelbrotscheiben liegt. Die Zwiebeln, die starken Gewürze und die Soßen überdecken den Geschmack des Inhalts. Da kann man statt Fleisch auch alles andere hineinpacken. Und im Übrigen was ist das für ein Fleisch, das da vom Spieß geschabt wird? Ich will es nicht wissen. Und wie viel Tage so ein Spieß in Gebrauch ist, will ich auch nicht wissen.

Wenn ich mir dann das Publikum vor so einem Fressstand betrachte, dann stelle ich eine Stimmigkeit zwischen Essen und Auftreten fest:

Da steht er nun am Imbissstand
Mit seinem Döner in der Hand
Die Kapp verkehrt rum auf dem Kopf
Der Haarbusch wie beim Wiedehopf
Die Hos mit sehr viel Löchern drin
Der Anblick sicher kein Gewinn
Tattoos auf jedem Körperteil
Bestätigt jedes Vorurteil
Auch so ein Döner macht ihn nicht schöner

Bei uns ist fast die ganze Welt mit Speis und Trank vertreten. Waren es anfangs die Italiener mit Pizza und Nudeln, so sind es heute Griechen, Asiaten bis hin zu Türken, die das Angebot weitgehend abdecken. Spezialitäten-Restaurants gibt es in allen Variationen. Allein bei den asiatischen Angeboten wird zwischen japanisch, thailändisch, koreanisch, indisch usw. unterschieden. Wir sind ein Land, das mit internationalen Spezialitäten gesegnet ist. Jeder kann hier nicht nur sein Hungergefühl stillen, sondern auch Esskulturen erleben.

Es ist in Deutschland relativ einfach, eine Gastronomie zu eröffnen oder einen Pizza-Imbiss, einen Pizza-Lieferservice oder einen Dönerstand. Wenn es nicht so einfach wäre, würden wir auch nicht von einem derartigen Angebot überschwemmt.

Ob Pizzaofen, Dönerspieß oder Bratwurstgrill, diese Anschaffungen sind pekuniär überschaubar. Auch die Einrichtung einer Küche in einer Gaststätte ist meist nicht teurer, da in den meisten Lokalen ja doch nur schnell Fritiertes angeboten wird. Wichtig ist das amtliche Gesundheitszeugnis, aber das stellt auch keine Hürde dar. Wenn der Antragsteller den Amtsarzt nicht direkt anhustet und keine Trauerränder unter den Fingernägeln hat, bekommt er seinen Stempel. Jeder kann bei uns Wirt werden, ohne Ausbildung oder Nachweis von Erfahrungen.

Sonst sind wir bei anderen Berufen penibel genau. Vorgeschriebene Lehrzeit und möglichst Meisterbrief, um eine Firma oder ein Handwerk betreiben zu können. Warum denn nicht auch bei den Gastronomen? Sie nehmen doch direkt Einfluss auf unseren Körper, auf unsere Gesundheit und unser Wohlbefinden. In vielen Fällen ist auch die gesundheitstechnische Überwachung nicht optimal wegen mangelndem Personal. Es scheint nicht möglich, die Vielzahl von Bewirtungsbetrieben oft genug zu überwachen. Vermutlich werden die hygienischen Bedingungen bei so manchem „Ess-Laden" nicht immer den Vorschriften entsprechen. Ich erinnere mich an einen Restaurantbesuch in Stuttgart vor vielen Jahren, in einer gehobenen Pizzeria. Drei Tage später las ich in der Zeitung, dass die Pizzeria geschlossen wurde aufgrund von mangelnder Hygiene und Rattenbefall. Das hat mich nur kurz erschüttert, denn nach drei Tagen war sowieso schon alles durch.

Nicht nur bei der Restaurantauswahl musst man aufpassen. Wenn du heute eine größere Gesellschaft zum Essen zu dir nach Hause einlädst, solltest du die Menschen gut kennen. Die meisten Menschen freuen sich auf ein gutes Essen und essen alles. Sind Vegetarier und Veganer dabei, dann wird es etwas komplizierter. Die Vegetarier gehen ja noch, die sind noch einigermaßen zu bekochen. Die lassen sich mit Eierspeisen noch ganz gut zufriedenzustellen. Ein paar hart gekochte Eier reichen allerdings nicht, da gibt es noch ganz andere Möglichkeiten. Aber die Veganer mit ihrer Abart der Frutarier, das ist eine besondere Spezies Mensch.

Viele von ihnen nehmen sich wichtig und rufen sofort beim Ankommen: „Ich bin Veganer und was ist für mich dabei". Jeder soll ja seinen Stil leben, die Veganer, die Vegetarier und die sonstigen einseitigen Esser sollen doch machen, was sie wollen. Wenn sie fürchten, bei einer Einladung nicht entsprechend ihrer Einstellung versorgt zu werden, dann können sie sich immer noch ihr Leibgericht im Henkelmann mitbringen. Sie sollen aber bitte nicht den Normalessern die Lust am Essen nehmen, indem sie als Missionare für die „bessere" Ernährung auftreten, oder ihre Ernährungsweise als die einzig richtige erklären.

Die Empfindlichkeiten und Befindlichkeiten beim Essen haben in den letzten drei bis vier Jahrzehnten rapide zugenommen. Die Allergiker und Intoleranzler sind ein stark wachsender Bestandteil der Bevölkerung. Warum das so ist? Die Frage ist schwer zu beantworten, es gibt unzählige Ursachen für Unverträglichkeiten. Doch bei einigen Intoleranzlern lässt Moliere grüßen. Der eingebildete Kranke, der sich ständig in ärztlicher Behandlung befindet und sich nach dem Essen sterbenskrank fühlt. Es gibt Menschen die, wenn sie nach dem Essen eine Blähung ablassen, sofort im Internet nachschauen, an welcher

Art von Intoleranz sie leiden könnten. Damit jedem, der an etwas leidet, in der Gastronomie kein Schaden zugefügt wird, gibt es auf jeder Speisekarte die Bezeichnungen für die in den Speisen enthaltenen Zusatzstoffe. Und das ist gut so. Manchmal ist die Liste der „Schadstoffe" allerdings länger als die Speisekarte.

Ludwig Feuerbach, der im 19. Jahrhundert gelebt hat war ein bayerischer Philosoph und Anthropologe. Er hat den Satz geprägt:

„Der Mensch ist, was er isst".

Diese Aussage hat natürlich auch andere Philosophen und die Soziologen der Neuzeit auf den Plan gerufen. Sie haben versucht Bezüge, zwischen dem Essverhalten und dem Charakter herzustellen. In einer Wohlstandgesellschaft hat man Geld und Zeit, auch solche Dinge zu erforschen. Ergebnisse aus meiner Internet Recherche:

Stress und Frustesser

Die Psychoanalytikern Hilde Bruch hat schon Ende der 30iger Jahre festgestellt, dass unter Stress mengenmäßig mehr gegessen wird, um zusätzliche Energien aufzubauen. Unter Frust wird eben mehr gefuttert als normal, um sich in irgendeiner Weise zu entschädigen. Letzteres kann ich aus eigener Erfahrung bestätigen. Nach manchen Kundenbesuchen habe ich mich gerne mit leckeren mehrgängigen Menüs befriedigt.

Gesundheits-Esser

Das sind die Menschen die Fleisch- und Alkoholkonsum reduziert haben und Gemüse und Obst bevorzugen. Laut Psychologen sind das in der Mehrzahl Frauen. Dieser Typ ist offen für Neues und bereit für Experimente. Allerdings sind diese dann oft auch verschlossene Typen, die nicht gerne etwas von sich preisgeben. Sie halten gerne etwas unter der Schale, z.B. die Bananen, die von diesem Ess-Typ bevorzugt wird.

Bio-Esser

Die Bio-Esser sind eine Abart der Gesundesser. Interessanterweise wurde festgestellt, dass die Leute, die Bio einkaufen, im Vergleich zu den Normal Einkäufern knauseriger, egoistischer seien und eine größere Bereitschaft zum Lügen zeigten.

Schnellschlinger

Diese Menschen brauchen oftmals nicht mehr als 5 bis 10 Minuten fürs Essen. Es sind die typischen Besucher der Fastfoodketten. Das schnelle Schlingen ist ein Relikt aus der Urzeit, in kurzer Zeit viel hinein bevor ein anderer es mir wegnimmt. Dieser Typ ist eng verwandt mit dem Zweckesser, dem es egal ist was er isst: Hauptsache, es macht satt.

Genießer

Er lässt sich Zeit und betrachtet das Essen als eine Art kultureller Zeremonie. Es widerstrebt ihm, beim

Fernsehen so nebenbei zu essen oder gar eine Leber-käsesemmel während dem Autofahren zu vertilgen. Da die Hektik das Alltagsleben beherrscht, gibt es für den echten Genießer nicht immer die Gelegenheit, seiner Lust zu frönen.

Der Verzicht auf Essgenuss ist für den Genießer auch ein Stück Erlebnisverlust. Der Genießer unterscheidet sich aber auch vom Gourmet. Vor allem unterscheidet er sich vom Gehabe. Der Gourmet prahlt in den von ihm bevorzugten Sternelokalen gerne mit seinem Wissen über Speisen und Zubereitungsarten. Er diskutiert mit dem Sommelier über Wein und Weinlagen und vergisst auch nicht, am Korken zu schnuppern, wenn die Flasche geöffnet wird. Der Typ Gourmet ist hauptsächlich unter Männern verbreitet, die dann gerne mit Erfahrungen und den Geschmacksexplosionen auf ihren Gaumen prahlen.

Seit 25 Jahren forscht ein gewisser Dr. Alan Hirsch darüber was ein Snack über den Charakter aussagt. Wer gerne Chips und kleine Salzbrezeln isst, sei extrovertiert und enthusiastisch, also nicht für einen Schreibtischjob geeignet. Zuckerliebhaber stächen gerne aus der Masse heraus und zweifelten nicht an sich. Wer seine Snacks süß und salzig mag, der gilt als überaus intelligent und kreativ.

Sogar die bevorzugten Eissorten sollen über den Charakter Aufschluss geben. Wer gerne Vanilleeis schlemmt, ist laut Studien anderer Wissenschaftler freundlich, keck, abenteuerlustig und kontaktfreudig. Schoko-Liebhaber sind lebhaft, kreativ, charmant und stehen gerne im Mittelpunkt. Schüchterne, skeptische und eigensinnige Perfektionisten essen am liebsten Erdbeereis.

Wessen Lieblingseis Stracciatella ist, der ist großzügig, kultiviert, ehrgeizig und geht keinem Konkurrenzkampf aus dem Weg. Fans von Bananeneis sind ehrlich, gelassen, einfühlsam und haben ein großes Herz. Ich finde es interessant, diese Ergebnisse von jahrzehntelangen Studien zu lesen, aber fragen muss ich mich schon, wem nützen diese Untersuchungen. Nun wenn es denn die Wissenschaftler befriedigt ist ja alles in Ordnung. Für die Gesellschaft haben diese Studienergebnisse aus meiner Sicht eigentlich keinen Nährwert.

Die Weisheit des Sokrates müsste man eigentlich viel öfters verinnerlichen. In dieser unserer Wohlstandsrepublik wird oft ein Brimborium rund um das Essen gemacht, das kaum größer sein kann. In den Sternelokalen mutieren die Köche mehr und mehr zu Dekorateuren. Der Präsentation des nur mäßig gefüllten Tellers wird mehr Aufmerksamkeit entgegengebracht als dem was darauf liegt. Dazu passt die Gourmet-Kritik eines Journalisten über ein Feinschmecker-Restaurant:

„In einem kultivierten Ambiente erhält der Gast Portionen, die ihm erlauben, den Anblick des kostbaren Porzellans zu genießen."

Berichterstattung in den entsprechenden Medien über das Essen oder die Lokalitäten reicht von überschwänglicher Lobhudelei bis zur totalen Vernichtung. Einige Beispiele aus dem Internet:

Die gebeizte Lachsforelle wird von den übrigen Zutaten gemobbt, sie muss einen hoffnungslosen Zweifrontenkrieg gegen Salz und Süße führen. Gegen einen aufdringlichen Speck Sud, auf dem freche Fettaugen schwimmen und gegen ein karamellisiertes Apfelpüree, das penetrant nach Babynahrung schmeckt.

Die Meerestiere wurden so unsinnig scharf angebraten, dass sie ein klarer Fall für den Tierschutzbund sind. Sie liegen sinnlos unter einem Rinder-Carpaccio begraben, das so fade ist wie das ARD-Vorabendprogramm.

Es gibt ein echtes Püree aus Rosenkohl und Nussbutter, das als Kraftprotz, nicht als Krawallbruder der Ochsenschulter Paroli bietet.

Die Genuss-Fachzeitschriften überbieten sich meist in lobhudelnder Weise. Der Ausdruck „es hat geschmeckt" oder „es hat nicht geschmeckt" ist viel zu billig, um bei dem die Kritik lesenden Publikum anzukommen. Eine höfliche Absage an das Essen wäre beispielsweise: Es hat ganz ordentlich geschmeckt, aber der Koch sollte sich nicht noch einmal daran versuchen. Dieser Ausspruch ist mir auch geläufig und wird bei uns zuhause auch verwendet: „Es war gut, aber du musst es nicht noch einmal kochen".

Wie wichtig den Menschen das Essen ist, sieht man auch an den vielen Koch-Sendungen und Koch-Shows. Stunden widmet das Fernsehen dem Kochen. Die sogenannten Spitzenköche geben sich die Küchentür in die Hand. Warum machen sie dies? Aus zweierlei Gründen, einmal natürlich zu Werbezwecken für ihre Lokale, und zum anderen, weil das für sie leicht verdientes Geld ist. Denn so ein Sterne-Restaurant wirft oft nicht so viel ab. Da verdient man sich gerne etwas dazu. Für den TV-Sender sind Kochsendungen billige Sendungen. Der Produktionsaufwand ist nicht sehr groß, dazu kommt noch, dass das Redaktionsteam danach noch lecker essen darf.

Oft kocht der Maestro nicht allein und hat einen Assistenten dabei. Es handelt sich meist um einen Prominenten, der sich gerne im Fernsehen zeigt. Der darf dann zwischen den Sprüchen des Küchenmeisters ein bisschen Pfeffer aus der Mühle auf die Speisen verteilen. Danach muss er bei der Verkostung „ah" und „oh" und „mein Gott, ist das gut" oder im bayerischen Dialekt „mei is des guad" ausrufen und den Meister loben.

Beim „live-cooking" ist man natürlich nicht vor Pannen gefeit, es kommt dann darauf an, wie der Koch damit umgeht. In Bayern gibt es auch so einen Sternekoch, der sich gerne öffentlich präsentiert. Er wird von vielen heiß geliebt.

In einigen Sendungen kocht er nicht allein, er hat dann seinen "Assistenten" dabei. Dieser, ein prominenter Schauspieler, steht dann daneben wie so ein einfacher Handlanger als „Auchdabei". Den Höhepunkt hatten die Beiden bei einem Versuch am Zwetschgen-Datschi (Zwetschgenkuchen). Nach dem üblichen Zeigen, wie man was macht, wurde der vorgefertigte Datschi aus dem Backofen gezogen. Er sah schon etwas dunkelbraun an den Rändern aus. Beim Anschneiden hatte ich das Gefühl, dass meine Lautsprecher etwas krachen. Als der „Assistent" den Vorkoster machte, wollten die Lautsprecher ihren Geist aufgeben. Ein Krachen und ein Knirschen, der Prominente verzog das Gesicht, als hätte es ihm sämtliche Jacketkronen herausgehauen. Der Starkoch daneben steuerte mit einem feisten Grinsen den Ausspruch bei:

„so muss der Datschi sei, recht krachat".

Da kommst du dir als TV-Seher verarscht vor, wenn du dir beim Zwetschgenkuchen die Zähne ausbrichst. Wenn dieser Sternekoch Stil und Niveau gehabt hätte, dann hätte er gesagt:

„ auch einem Spitzenkoch geht mal was daneben".

Essen in einem Wohlstandland wie Deutschland bedeutet vieles, ist ein weiter Bogen zwischen Speisen und Fressen, zwischen heimischer Kost und Internationalität. Die Anbieter ausländischer Spezialitäten werden immer mehr.

Nur eines wird immer weniger, die klassische deutsche bürgerliche Küche im bürgerlichem Ambiente und mit bürgerlichen Preisen. Der Kalbsrahmbraten mit Spätzle und Soße, der Rinderbraten mit Kartoffeln und Gemüse oder hausgemachte Hackbraten findet sich immer weniger auf den Speisekarten. Kurz Gebratenes mit fritierter Beilage ist das größte Angebot. Warum? Für den Koch ist es eine schnelle unkomplizierte Küche, bei der nichts übrigbleiben kann. Aber seien wir dankbar, im Ess-Schlaraffia Deutschland hat jeder die Wahl, nach Gusto oder Geldbeutel, nach Lust und Laune, nach Stil und Niveau.

Leben wir einfach den Spagat zwischen pompösem Genießen und „der Hunger treibt´s hinein".

Die Weißwurst

Eine bayerische Weltanschauung

Die Welt, die Erdoberfläche wird vom Äquator in eine Nord- und eine Südhälfte unterteilt. Deutschland wird durch einen anderen Äquator geteilt, den Weißwurstäquator. Dieser teilt aber nicht gerecht in zwei gleiche Hälften, er ist die willkürlich gezogene Linie, die einen Teil Bayerns privilegiert. Es ist eine Auslegungssache wo dieser Äquator verläuft. Die einen behaupten, es sei der Main, die anderen bestehen auf der Donau als äquatoriale Grenze. Die Puristen bestehen aber auf dem 49. Breitengrad. Dieser teilt Bayern auf der Linie Dinkelsbühl, Weißenburg, Regensburg und Zwiesel. Allerdings darf dieser Äquator nicht so genau genommen werden. Von den bisher gekürten Weißwurstköniginnen kamen viele aus Franken, lebten also nördlich des 49. Breitengrades.

Um die Herkunft der Weißwurst ranken sich so viel Gerüchte wie sie Inhaltsstoffe hat. Wo und wann sie erfunden wurde, ist ebenfalls nicht eindeutig erklärbar, und auch nicht, wer sie zum ersten Mal auf den Tisch gebracht hat.

Es gibt die nette Geschichte vom Moser Sepp, dem Metzgergesellen von der Gastwirtschaft „Zum Ewigen Licht" am Marienplatz, die sich am 22. Februar 1857, einem Faschingssonntag, zugetragen haben soll. Dieser Tag wurde in Bayern als die Geburtsstunde der Münchner Weißwurst anerkannt. Die Legende besagt, dass dem Moser Sepp die dünnen Schafsdärme ausgegangen sind und er deswegen die größeren und dickeren Schweinsdärme verwenden musste. Das vorhandene Kalbsbrät reichte aber nicht aus für die größeren Därme. Der Moser Sepp verlängerte die Masse mit Wasser. Braten ließen sich diese Würste nun nicht mehr, bedingt durch den hohen Wassergehalt. Der Koch brühte sie im heißen Wasser und der Wirt verkaufte sie als Münchner Weißwürste. Die übernächtigte, vom Fasching gezeichnete und abgeschlaffte Münchner Gesellschaft nahm diese neuartigen Würste als spätes Frühstück ohne Gegenwehr an.

Ob das nun wirklich die Geburtsstunde der Weißwurst war, weiß kein Mensch. Jedenfalls reklamiert der Bayer die Erfindung der Weißwurst für sich. Doch nachweislich gab es aber Weißwürste schon vor 1857. Und wo? In Frankreich. Dort waren sie unter dem Namen „boudin blanc" schon lange bekannt. Und wenn es den Bayern auch nicht gefällt, in Deutschland wurden die Weißwürste zum ersten Mal nicht in Bayern gegessen, sondern in Hamburg, als dort 1806 bis 1814 die Franzosen das Sagen hatten. Es gab dort die „boudin blanc" mit Schweinefleisch gefüllt für das einfache Volk. Die bessere Gesellschaft aß sie als Luxusvariante mit Kalbfleisch, begleitet von Kaviar, denn in Hamburg gab es zu jener Zeit noch massenhaft Störe. Als Getränk gab es für die edlen Damen und Herren Champagner oder Weißwein, da der Ursprung der Wurst ja in Frankreich lag.

Doch eines können sich die Bayern auf die Fahne schreiben, sie haben die Weißwurst zum Kulturgut erhoben, sie haben der Weißwurst eine Heimat gegeben. Aber nicht nur dies allein, in Bayern wurde eine neue Esskultur rund um die Weißwurst entwickelt und zwar mit der in Bayern üblichen Bodenständigkeit. Nichts mit dem teuren Schampus- und Weißwein-Getue der Franzosen, nichts mit dem fischigen schwarzen Geschlabber als Zutat bei den Hamburgern. Die Bayern haben den süßen Senf als einzige, beste und alleinige Zutat festgelegt.

Es ist nicht nachgewiesen, ob es an jenem Faschingssonntag in der Gastwirtschaft „Zum ewigen Licht" schon süßen Senf zu den Weißwürsten gab. Geschichtlich ist aber belegt, dass die Firma Develey, als königlich bayerischer Senflieferant, schon 1854 einen süßen Senf hergestellt hatte. Der süße Senf von Händlmaier wurde erst 1914 in der Metzgerei in Regensburg kreiert.

Kritiker, die es immer gibt, behaupten nun, diese Ergänzung zur Weißwurst sei erst viel später hochgelobt worden, um den Firmen Develey und Händlmaier zu größerem Umsatz zu verhelfen.

Desweiteren ist die Brezel als genialer und würdiger Partner der Weißwurst zu betrachten. Vom Aussehen her und von der Konsistenz. Das Weiße und das Braune. Das Längliche und das Runde. Die Zartheit der Weißwurst und die Knusprigkeit der resch gebackenen Brezel. Zugelassen sind neben der Brezel in geschmacklich absteigender Bewertung weitere bayerische Weißmehlprodukte. Da in der Not der Teufel auch Fliegen frisst, darf man die preußischen Schrippen und die französisch angehauchten Baguette-Semmeln ebenfalls zur Weißwurst essen. Der Bayer zeigt Toleranz.

Über das Getränk zur Weißwurst darf aber nicht diskutiert zu werden. Das ist das Bier. Ein Weizenbier (in Bayern auch Weißbier genannt) oder ein Helles. Auch hier zeigt sich wieder die Toleranz des Bayern. Pils, Kölsch und Altbier sind gestattet, wenn einer der nördlichen Bewohner Deutschlands meint, das haben zu müssen. Der Bayer trinkt diese Sorten nur dann, wenn wirklich keine Alternativen vorhanden sind. Abstriche sind allerdings bei Biermixgetränken zu machen. Radler und Russen bieten nicht den genügenden Kontrast, sie sind durch ihre Süße zu nah am süßen Senf.

Das alkoholfreie Bier jedoch bietet geschmacklich das, was man braucht. Irgendjemand hat geschrieben, das alkoholfreie Bier sei wie ein BH auf der Wäscheleine, das inhaltlich Beste fehle. Aus weiblicher Sicht betrachtet, ist das alkoholfreie Bier wie eine Männerunterhose auf der Wäscheleine, da ist auch nichts drin. Die alkoholfreien Biere werden aber vermehrt zur Weißwurst geordert, da der deutsche Gesetzgeber meint, ein Bayer sei nach dem Genuss von zwei echten Halben nicht mehr fahrtüchtig. Bayerns ehemaliger Ministerpräsident Beckstein war da anderer Ansicht. Er konnte aber nicht durchsetzen, dass man nach einer Maß Bier als durchaus verkehrstüchtig gelten könne. Auf die Frage nun, ob man zur Weißwurst auch Wasser trinken kann, lautet die richtige Antwort: Wasser ist zum Waschen da.

Nachfolgend ein Textauszug aus einer Hymne, die Herbert Schneider, einer der Turmschreiber von München, 1957 aus Anlass des 100sten Geburtstages der Weißwurst geschrieben hat.

Du Königin im Wurstrevier,
Du schön gekurvte Tellerzier,
Lass dir den weißen Hermelin
Von deinen zarten Schultern ziehn!

Mit Senf sei nun dein Haupt geziert,
Ein Riemisch Weckerl salutiert.
Zwei Grafen aus der Brezen Stamm,
Die stehn als Adjutanten stramm!

Die Philosophie beim Weißwurstessen heißt slow food. Mit Freunden ein bayerisches Frühstück genießen. Es ist doch einfach herrlich, sich hinzusetzen, das Weizenbier antrinken und auf die Weißen zu warten. Du kannst deine Vorfreude mit anderen am Tisch teilen, bis der große Moment da ist. Der ausladende Topf kommt auf den Tisch und die weißen Würste schwimmen im dampfenden Wasser. Du fischst dir eine Wurst heraus, legst sie auf den Teller und beginnst sie zu entkleiden. Das ist doch schon ein sinnlicher Moment. Wie du sie entkleidest, ist egal, Hauptsache genussvoll. Du ziehst ihr den samtweichen Mantel aus und nun liegt sie vor dir in ihrer nackten Schönheit. Der warme Duft ihres Leibes steigt auf und vergrößert dein Verlangen. Du schmückst sie nun mit einem Klecks süßen Senfs und vernaschst sie mit dem allergrößten Lustgefühl. Ein Bissen von der Brezen und danach der lange Schluck Weißbier zur Vollendung eines erotischen Erlebnisses. Das ist das bayerische Weißwursterlebnis in Vollendung.

Die Kombination Weißwurst und süßer Senf erzeugt eine besondere Geschmacksexplosion im Gaumen, der durch den Schluck Weißbier gekrönt wird. Dazu die resche Brezel als absolutes und erhabenstes Pendant zur wunderbaren Weichheit der Weißwurst. Grundsätzlich steht beim Weißwurstessen über allem die bayerische Dreieinigkeit, die Dreieinigkeit in Weißwurst, Weißmehl und Weißbier. Damit ist man im Himmel der Bayern.

Prall gespannt doch etwas blass
So kommt sie auf den Tisch
Innen heiß und außen nass
Wichtig, dass sie täglich frisch

Ob gezuzzelt oder geschnitten
Mit Kreuzschnitt oder grad
Mit süßem Senf ganz unbestritten
denn ohne schmeckt die Weißwurst fad

Was dem Franzosen seine Auster ist
Und er am Champagner schleckt
Fühlt der Bayer, wenn er Weißwurst isst
Und ihm sein Weißbier schmeckt

Französisch mondän oder bayerisch solid
Es ist beides gut, sonst müsste ich lügen
Wo ist denn dann der Unterschied
Die Weißwurst ist das billigere Vergnügen

Genug der Lobhudelei und der Hymnisierung - weiter zum Faktischen. Die Weißwurst hat sich nicht von der Fast-food-Welle anstecken lassen. „Weißwurst to go" gibt es nicht und wird es nicht geben, obwohl sich das Auszuzzeln aus der Hand ja anbieten würde. Aber Weißwurst to go, wie soll man sich das vorstellen? Man marschiert in München über den Marienplatz, die Wurst in der rechten Hand, die Brezel in der Linken, der süße Senf im kleinen Napf der Reverstasche, das Dosen-Weißbier in der Rocktasche und die zweite Weißwurst in der rechten Hosentasche, damit sie schön warm bleibt. Kann man sich das, soll man sich das oder muss man sich so etwas vorstellen? Nein.

Wie es heute so Sitte ist, würde jedermann dann die ausgezuzzelte Haut auf die Straße fallen lassen. Der Marienplatz würde vielleicht aussehen! Was würden sich die Tausende von Touristen denken, wenn sie diese Abfälle sehen würden, die einem abgearbeiteten Verhüterli sehr ähnlich sind?
Es ist auf alle Fälle das absolute „no go", die Weißwurst „to go"! Gott bewahre uns davor!

Die Weißwurst soll das Zwölf-Uhr-Läuten nicht mehr hören. Dieses Traditionsgesetz hat sich längst überlebt durch Kühlschränke, Tiefkühltruhen und Vakuumverpackungen. Die Weißwurst wird heute zu jeder Tages- und Nachtzeit angeboten und verzehrt.

Auch ist sie keine nur bayerische Spezialität mehr, denn sie ist überall zu haben, auch über Bayerns und Deutschlands Grenzen hinaus. Der Verpackungsindustrie sei Dank oder auch nicht. Durch Zusätze zur Haltbarmachung wie Dextrose, Stabilisatoren, Diphosphate, Natriumcitrate und Natriumacetate wird sich die Qualität der abgepackten und konservierten Weißwurst sicher nicht positiv von einer frischen Weißen unterscheiden. Die Weißwurst ist aber nicht nur in den Tiefkühlabteilungen der Supermärkte zu haben, sondern mittlerweile in allen möglichen Varianten auch im Online Versandhandel. Selbst renommierte bayerische Feinkosthändler und Metzger in München schämen sich nicht, Münchner Weißwürste in Dosen zum Versand anzubieten.

Ob in der Dose oder in der Vakuumverpackung, meist sind diese Weißwürste dekoriert mit Motiven aus dem weiß-blauen Ambiente und artikuliert mit wundervollen Bezeichnungen wie *„Schlemmerbox aus Bayern"* oder unsere *„Heimat bayerische Weißwurst"*. Man fühlt sich dadurch auch als Nordlicht zuhause eingeladen zu bayerischer Lebensart. Wenn die online versandten Würste auch nicht so gut schmecken wie die frischen Weißen, dann sind sie wenigstens schön verpackt.

Es ist durchaus verständlich, dass die Liebe zur Weißwurst nicht immer und überall geteilt wird. Der deutschlandweit bekannte Esskritiker Wolfram Siebeck bezeichnete einst die bayerische Weißwurst als schrecklich und unappetitlich in einer furchtbaren Haut. Schlimmer noch er bezeichnete sie als Albino-Pimmel. Eine subjektive Meinung von jemand, der nur in Sterne Restaurants verkehrte und sich dadurch von der Bodenständigkeit des Essens abgewandt hatte. Die Frage stellt sich: Da er nun nicht mehr unter uns weilt, wird er jetzt im Himmel die Weißwurst dem langweiligen Manna vorziehen und möchte er Abbitte leisten? Gern wüsste man, ob er in der Hölle, falls er dort gelandet ist, die zu scharfe Gulaschsuppe verteufelt und lieber an einer Weißwurst naschen möchte. Wir wissen nicht, wo ihm die ewige Bleibe beschieden ist.

Die Weißwurst ist nicht nur als einzelne Speise zu betrachten. Sie ist gleichzeitig Basis für viele Gerichte und Zubereitungsarten. Die Weißwurst, so wie wir sie hier essen, ist die Urmutter der Zubereitung. Von der aus haben sich sehr viele Änderungen der Servierart und der Zubereitung gebildet. Ob als Vorspeise, Hauptspeise, Nachspeise oder auch auf dem Brotzeitbrettl, die Weißwurst ist omnipräsent. Die Weißwurst ist ein Multitalent und bietet für jeden Geschmack etwas. Nachfolgend einige Rezeptvorschläge mit Regionalcharakter.

Die bodenständige bayerische Hausfrau könnte folgendes zubereiten. Zuerst Weißwurst-Rettich Salat danach ein Weißwurstgulasch mit Knödeln, als Getränk natürlich ein Bier.

Der Gourmetkoch wird in seinem Tempel anbieten: Currysuppe mit Weißwurst und Hummer oder Weißwurst vom Zanderfilet mit Prosecco Senfkraut. Einen Chardonnay aus Südafrika, es muss ja etwas Besonderes sein

Für den Yuppie, den smarten aufsteigenden Karrierejüngling, gibt es Potato shooter mit Curry-Weißwurst oder Brezen-Weißwurst-Knödel an leichtem Gemüse, dazu trinkt er einen King Lui (Sprizz aus Bier, Limo und Aperol).

Auch an den Fischliebhaber ist gedacht: Weißwurst mit Jakobsmuscheln oder Weißwurst mit Scampi. Dazu einen prämierten Riesling aus dem Rheingau, Steilhanglage Süd.

Der Westfale hat sein besonderes Weißwursterleben. Er isst die Weißwurst mit dicken Bohnen oder mit Sauerkraut. Das alles spült er mit einem Veltins Pils hinunter.

Die schwäbische Hausfrau serviert eine Kombination. Einen Weißwurst-Spätzle-Salat mit Senfsößle. Oder das Gericht: Weißwurst trifft Maultasche, zusammen in der Pfanne gebraten. Natürlich trinkt der Schwabe sein Viertele Trollinger dazu.

Der Rheinländer genießt etwas ganz Besonderes. Reibekuchen mit Weißwurst-Käse-Topping. Dazu trinkt er in Köln ein Kölsch oder ein Altbier in Düsseldorf.

In Niedersachsen gibt es die Weißwurst mit Grünkohl. Dazu trinkt man die Lütje Lage.

Die Weißwurst ist nicht nur in der deutschen Küche zuhause, sie hat auch die internationale Küche erobert.

Für die Italiener wurde folgendes kreiert: Weißwurst-Lasagne oder eine knusprige Vollkorn-Pizza mit Weißwurst und Kürbis begleitet, von einem frischen rosigen Bardolino.

Die Franzosen mögen es etwas extravaganter: Ein Weißwurst-Carpaccio mit leichter Vinaigrette. Danach einen Weißwurst-Flammkuchen mit Laugenrand, passend begleitet von einem Edelzwicker.

Der Japaner bekommt ganz runde Augen, wenn er Weißwurst-Sushi garniert mit etwas Wasabi isst, passend dazu einen Schluck Sake.

Für die Amerikaner, die absoluten Fremdkörper unter den Feinschmeckern, gibt es natürlich nur den Weißwurst-Burger.

Die Wurst mitsamt der Haut, Salatblatt und viel Ketchup in einer lätschigen Semmel. Eine Cola mit viel Eis rundet diesen Leckerbissen ab.

Als Abschluss für den Liebhaber eines guten Nachtisches: ein Erdbeer–Weißwurst-Carpaccio mit einem zarten Senf-Balsamico-Dressing, dekoriert mit Minzblättern.

Dies sind alles keine Hirngespinste, sondern Rezepte, die im Internet veröffentlicht wurden und die nachkochbar sind. Was erkennen wir daraus? Die Weißwurst ist Grundlage für das globale und ultimative Genusserlebnis. Sie ist also im eigentlichen Sinne völkerverbindend.

Selbst für die empfindlichen Allergiker wird eine „Weißwurst light" angeboten, laktose- und glutenfrei. Für die Veganer wurde die Wheaty-Weiße, die erste vegane Weißwurst entwickelt. Sie sieht aus wie eine Weißwurst, man kann sie behandeln wie eine Weißwurst, man genießt sie zu Brezen und süßem Senf. Bier passt auch dazu, denn Bier ist vegan. Der Veganer braucht beim Weißwurstessen also auf keinen Genuss zu verzichten. Richtig zünftig, richtig vegan und absolut lecker für den, der so was haben muss. Für einen echten Weißwurst Genießer muss die Weißwurst aber nicht auf dem Acker wachsen.

Und wenn ich vorher gesagt habe die Weißwurst „to go" gebe es nicht, so muss ich eingestehen, es gab sie doch einmal an einer Imbissbude. Aber in einer sehr abgewandelten Form als „Bavarian Hot Dog". In einem Laugenstangerl eingequetscht, abgeschmeckt mit einer knackigem Gurken-Würzsoße und Honig-Senf-Laugen Croutons oder scharf mit süßlich-pikantem Hausmachersenf und frisch geriebenem Meerrettich. So wurde sie angeboten und stillos vor der Bude im Stehen verzehrt. Aber was passiert mit der Haut, dem weißen Mantel der Weißwurst? Für den „Bavarian Hot Dog" wurde die Weißwurst vom Metzger oder aus der Fleischfabrik nackig an die Imbissbude geliefert und dort im Dampf gegart. Jeder Freund und Genießer der bayerischen Lebensart kann diese Beleidigung der Weißwurst nur kommentarlos zur Kenntnis nehmen. Diesem Imbissstand war kein langes Leben beschieden.

Die Münchner Metzger und Fleischfabrikanten haben versucht ihre Weißwurst als original Münchner Weißwurst durch ein Patent über die EU schützen zu lassen. Es ist ihnen nicht gelungen, da die gesamte Metzgerinnung von Bayern dagegen war. Und das ist gut so. Warum sollten die Münchner dieses Privileg erhalten, wo sie es doch nicht einmal in über 150 Jahren geschafft haben ihrer geliebten Weißwurst ein Denkmal zu setzen.

Dies brachten die Freisinger Wirte und Metzger zustande. Ein mannshohes Gebilde stand vor dem früheren Gasthof zum Löwen. Der Sockel bestand aus einem stilisierten Weißbierglas aus geschmiedetem Eisen. Darauf stand ein Teller mit drei Weißwürsten, einer Brezel und Senf, alles aus einem Stück Marmor gehauen. Das hatte Stil.

Sogar in Zwiesel, im hintersten Bayerischen Wald haben sie der Weißwurst gedacht und ihr ein Denkmal errichtet. Warum gerade in Zwiesel? Weil Zwiesel exakt auf dem Weißwurstäquator, dem 49. Breitengrad, liegt.

Die Stadt München und die Münchner Bürger hätten sich in all den Jahren ein bisschen mehr um das Kulturgut Weißwurst kümmern können. Nur den kommerziellen Erfolg einheimsen wollen aber nicht in ein Denkmal für dieses Kulturgut zu investieren. Die Münchner haben auch nicht den in Bayern gefeierten Geburtsort der Weißwurst geehrt, sie haben diesen heiligen Ort, die Gastwirtschaft „zum ewigen Licht" und späteren „Peterhof" verschwinden lassen. Die dezent angebracht gewesene Gedenktafel ist mittlerweile auch verschwunden.

Jetzt noch etwas für die Erbsenzähler und für die Kalorienklauber. Eine Weißwurst hat bei 85g Gewicht im Durchschnitt rund 220 kcal. Es kommt darauf, an was der Metzger so alles hineinrührt. Die Brezel hat 190 kcal, der süße Senf 20 kcal, das Weißbier 220 kcal. Bei einem Verzehr von 3 Weißen, zwei Brezen und zwei Weißbier ergeben sich also 1500 kcal. Ein Weißwurstessen ist also nicht unbedingt geeignet für Diätfrönende und Körperkultler.

Allerdings, bist du beim Weißwurstessen, dann pfeif auf die Kalorien, denn auf jeden Fall ist so ein Weißwurstessen etwas Feines!

Ob die Weißwurst nun ein gesundes Essen ist oder ungesund ist, ist eigentlich nicht die Frage. Wichtig ist: wenn es schmeckt, wird zumindest die Seele gesund.

Für den ganz harten Weißwurstfanatiker ist freitägliches Weißwurstessen ein Ritual, das dem sonntäglichen Kirchgang in seiner Bewertung gleichkommt. Der ehemalige Bundespräsidenten Theodor Heuss hatte es bereits ausgesprochen. Papa Heuss, wie er genannt wurde, war Schwabe und hat gerne sein Viertele geschlotzt. Er sagte einmal:

Wer den Wein säuft, der sündigt, wer den Wein genießt, der betet.

Der Bayer würde es über die Weißwurst so ausdrücken:

Wer d´Weißwurscht in sein´ Schädel neifrisst, muss an Teife (den Teufel) fürchten, aber wer d´Weißwurscht auf der Zunga zergeh` lasst, der bet` zum Herrgott!

Wenn das nächste Weißwurstessen ansteht, dann lasst uns beten!

Über den Schweinebraten

Eher ein Plädoyer

Immer noch ist er eine der beliebtesten Speisen in Deutschland, der Schweinebraten mit Kraut und Knödeln (Süddeutschland) oder Kartoffeln (Rest der Republik). Mit diesem Gericht werden wir Deutsche auf der ganzen Welt in Verbindung gebracht, obwohl es den Schweinebraten in allen Ländern und in unzähligen Variationen gibt. Ist das Klischee einmal da, wird man es nicht mehr los.

Der Schweinebraten hat in der Geschichte der Menschheit eine lange Tradition. Doch wann wurde er erfunden und das erste Mal gegessen? Ganz genau wird sich das nicht klären lassen, aber vermutlich muss man bis in die Steinzeit zurückgehen, und zwar in die Zeit, in der der Mensch den Umgang mit dem Feuer erlernte.

Es könnte sich folgendermaßen zugetragen haben. Der Steinzeitmensch war noch nicht so geübt im Umgang mit dem neuen Medium Feuer. Durch eine Ungeschicklichkeit brannte der kleine Stall ab, in dem das erlegte Schwein aufbewahrt wurde. Der Steinzeitmensch schaute wahrscheinlich recht erschrocken drein.

Löschen mit Wasser war ihm vielleicht neu, oder es war kein Wasser vorhanden. Als das Feuer erloschen war, sah er das verkohlte Schwein. Es war etwas Neues für ihn. Er wollte mit dem Finger prüfen und stupfte auf das schwarze Wesen. Dabei verbrannte er sich denselben und steckte ihn zwecks Abkühlung in den Mund. Er merkte nun, dass dies ganz besonders schmeckte, nicht so wie das rohe Fleisch. Er probierte noch ein paar Mal und es schmeckte ihm immer besser.

Das sprach der Steinzeitmann zur Steinzeitfrau
Heute gibt`s gegrillte Sau
Mit viel Fett und großem Bauch
Das reicht dann für die Sippe auch

Da sprach die Steinzeitfrau zum Steinzeitmann
Da ist ganz schön was dran
Damit das Fett auch gut verdaut
Rupf ich dazu ein Wiesenkraut.

Dass das Schwein im verbrannten Zustand besser schmeckt, hat sich dann herumgesprochen. Natürlich mit der Steinzeit üblichen Geschwindigkeit. Die wurde noch nicht in Tagen, Monaten oder Jahren gemessen, sondern in Generationen. Die Verbreitung war nicht schnell, dafür aber intensiv und nachhaltig. Überall blieb das gebratene Schwein auf dem Speiseplan, bis heute.

Die Evolution hat dann dazu beigetragen, dass die Steinzeitmenschen den Umgang mit dem Feuer verfeinerten, so dass das Schwein nicht mehr mitsamt dem Stall abgefackelt werden musste. Sie lernten nach und nach das Schwein erst zu zerlegen und dann auf einem Feuer, also auf kleiner Flamme zu braten. Dies könnte der Ursprung des Schweinebratens sein, aus einer Ungeschicklichkeit entstanden.

Aber noch etwas muss damals entstanden sein, ein besonderes Gen, das bis heute noch in vielen Männern steckt: Männer grillen. Der Steinzeitmann war es, der mit dem Feuer experimentierte. Es ist bis heute noch immer so. Wenn am offenen Feuer etwas gebraten wird, steht der Mann am Grill. Es ist äußerst selten, dass die Frau grillt und der Mann an den Salaten oder den Soßen herumwirtschaftet. Das ist das Steinzeitgen, das in uns Männern steckt: Männer grillen.

In den Zeiten, in denen die Namen nach Tätigkeiten vergeben wurden, hat man auch vor den Essgewohnheiten und Vorlieben nicht Halt gemacht. So hat sich auch der Schweinebraten als Namen etabliert. Es gibt in Deutschland 50 bis 60 Personen, die mit Nachnamen Schweinebraten heißen. Das macht doch einen ganz besonderen Eindruck, wenn man irgendwo hinkommt und stellt sich vor: mein Name ist Schweinebraten.

Garantiert hinterlässt dieser Mensch schon bei der Vorstellung Eindruck und Aufsehen. Diesen Namen und den Träger des Namens kann und wird man sich merken. Wenn jemand hereinkommt und sagt, mein Name ist Müller, schaut doch keiner hin, nach dem Motto, den Namen habe ich schon mal gehört. Aber bei der Vorstellung: Guten Tag mein Name ist Schweinebraten, da wird aufgemerkt.

Wenn jemand nun schon Schweinebraten heißt, dann gehört auch der passende Vorname dazu. Chantal oder Jaqueline Schweinebraten hört sich fürchterlich an und geht gar nicht. Besser ist Rosa Maria Schweinebraten, das hört sich passend und flüssig an. Fast schon wie eine Melodie. Wie heißen sie? Rosa Maria Schweinebraten. Oder bei Männern hören sich Namen wie Pascal, Marvin und Kevin schlecht an. Absolut unpassend. Ludwig oder Walter Schweinebraten, das hat Fluss und vermittelt Bodenständigkeit.

Aber nicht nur in Deutschland ist der Name Schweinebraten vertreten, auch in den USA, bedingt durch die Auswanderung. Es gibt dort eine Versicherungsagentur die heißt Schweinebraten Insurance Company.

Willst Du nicht in Not geraten
Versichere dich mit Schweinebraten

Ein Busunternehmen firmiert mit diesem Namen. Auf jedem Bus steht in großen Lettern Schweinebraten.

Auf deiner Reise durch die Staaten
Fährst du gut mit Schweinebraten

In den USA gibt es sogar eine Paradontologin mit dem Namen Marie Schweinebraten.

Hast du Probleme mit Implantaten
Versuchs doch mal bei (mit) Schweinebraten

Es hat sogar einmal eine Ortschaft, einen Weiler mit Namen Schweinebraten gegeben. Irgendwo im deutschen Osten, irgendwo südwestlich von Frankfurt an der Oder, irgendwo an der Spree. Dieses Schweinebraten existiert nicht mehr. Frage: wo sind sie geboren? Antwort: In(m)Schweinebraten.

Zurück zum echten Schweinebraten. In Deutschland war man nach dem Krieg eine geradezu süchtig nach Schweinebraten, das Volk war ausgehungert. Der Wohlstand kam und mit ihm das gute und reichliche Essen, der Schweinbraten war das Symbol. In den ersten Jahren kam er nur sonntags auf den Tisch, mit der Zeit auch an Wochentagen. Das zeigte Wirkung. Aus den ausgehungerten Figuren wurden zunächst kleine Bauchträger, die sich dann zu großen Bauchträgern entwickelten, bis sie dann richtige Ranzenträgern wurden. Man war stolz auf seinen Wohlstandsbauch. Ludwig Erhard, der Vater des Wirtschaftswunders, wurde zum figürlichen Vorbild und der fette Schweinebraten war die richtige Ernährung zur Zielerreichung.

Das ging lange gut bis Twiggy kam, die Frau, bei der man nicht wusste, wo vorn und hinten ist. Und plötzlich wollte Mutti keinen Schweinebraten mehr. Und wenn Mutti keinen Schweinebraten mehr will, dann bekommt auch Papi keinen Schweinebraten mehr. Die Menschen, besonders die Frauen, hatten eine neue Traumvorstellung von einer Ideal-Figur. Das hat dem Schweinbraten schwer zugesetzt, denn es wurde figurbewusst gekocht und gegessen.

Der nächste Schlag gegen den Schweinebraten kam, als die amerikanische Pharmaindustrie zwar nicht das Cholesterin erfand, jedoch den niedrigen Schwellenwert zur Doktrin erhob. Der Schweinbraten wurde als Haupt-Bösewicht ausgemacht. Das schlechte Image stieg, der Konsum von Schweinebraten fiel.

Da war nun die Schweinelobby gefordert. Die Antwort war zwar ungewöhnlich aber überaus wirksam. Billiges und mageres Schweinefleisch wurde in großen Mengen auf den Markt gebracht. In großen Ställen wurden die Schweine in Massen gehalten. So kam das Schweinefleisch billig auf den Markt. Bei billig und viel relativieren sich bei vielen Menschen Gesundheitsdenken und Schönheitsideale.

Die Schweinelobby schaffte dadurch die win-win-win Situation. Der erste Gewinner war die chemische

Industrie mit speziellem Mastfutter, um ein schnelles Schlachtgewicht und mageres Fleisch produzieren. Die pharmazeutische Industrie verkaufte Antibiotika um Krankheiten zu vermeiden, die bei Massentierhaltung unausweichlich sind. Die dritten Gewinner waren natürlich die Betreiber der Schweinemast. Wo es so viele Gewinner gibt, gibt es auch einen Verlierer: der Verbraucher. Er bekommt ein Schweinefleisch mit Einheitsgeschmack, versetzt mit Chemie und Pharmazeutika. Möglich machte dies auch der Gesetzgeber, der, angestachelt durch die Schweinelobby, die Fütterung der Schweine mit Küchenabfällen und Essensresten verbot. Dafür gestattete er die Aufzucht mit Chemie-Kraftfutter und Antibiotika. Die Frage steht im Raum: was ist hygienischer?

Als Horrorvision kann man sich vorstellen, dass ärztliche Medikation nicht mehr gefragt ist. Hast du ein gesundheitliches Problem, dann hau dir einen Schweinebraten rein, dann kriegst du genügend Antibiotika. Was für die Sau gut ist, kann dem Menschen auch nicht schaden. Mit viel Fantasie könnte man sich noch einiges mehr vorstellen. Vielleicht erfinden Marktstrategen demnächst noch einen Schweinebraten geschlechts- und altersspezifisch.
Für die jüngeren Frauen einen mit Collagen für eine zarte Haut. Für die jungen Männer einen mit Anabolika, damit sie dann muskulär aufgepumpt daherkommen.

Die reifere Frau greift zum Schweinebraten versetzt mit Östrogen, damit die Übergänge leichter fallen und dem älteren Herren empfiehlt der Metzger Fleisch mit Viagra, dass wieder etwas mehr Sturm im Bett ist. Nichts ist unmöglich.

Ein Schweinebraten ist nichts für den Gourmet-Tempel, nichts für Sterne- und Haubenköche. Er wird dort, wenn überhaupt, auch nicht als Schweinebraten, sondern als „roti de porc" angeboten. Meist fristet er in diesen Lokalitäten ein Dasein zwischen exotischen Beilagen und muss unter einer überladenen Dekoration leiden. Das gute Stück Fleisch wird zur Nebensache.

Ein Schweinebraten braucht keine exquisite garnierende Umrahmung, er steht für sich selbst und er verträgt sich am liebsten mit Kraut, Kartoffeln, Knödeln und Spätzle wie auch mit Salaten. Er steht fest wie ein Bauernbursch im Leben, breitbeinig und rustikal. In zwei Scheiben auf dem Teller, im glänzenden Bratensaft. Eingerahmt von Knödeln, Klößen und Kraut präsentiert er sich in seiner einfachen Schönheit. Und wenn er dann noch eine schöne Kruste hat, dann ist das Genusserlebnis perfekt. Die richtige Kruste beim Braten ist von elementarer Bedeutung, ist sie zu letschert und hängt das Fett schlaff dran, dann kaust du an ihr wie an einer Schuhsohle. Eine zu harte Kruste ist wiederum in der Lage, mit einem Biss eine wunderbare und teure

Kronenlandschaft in ein Trümmerfeld zu verwandeln.

Die Kruste des Schweinebratens war nicht zuletzt deshalb Thema einer wissenschaftlichen Untersuchung. Wie kann eine Schweinsbratenkruste aus naturwissenschaftlicher Sicht gelingen? Der Gilchinger Abiturient Felix Wütherich hatte dies 2015 in einer Facharbeit in Chemie untersucht und geht damit schon jetzt in die Geschichte ein. Thema: „Die Formel für die perfekte Schweinebratenkruste". Diese Arbeit erreichte den Landessieg. Im Rahmen seiner 36-seitigen Seminararbeit hat sich der Oberbayer hochwissenschaftlich mit dem besten Stück des Schweins auseinandergesetzt. Bei der Herangehensweise komme es auf die richtige Vorbereitung (Einschneiden, Würzen, Vorheizen), die perfekte Zubereitung (Material, Temperatur, Zeiten) und die Entscheidung (Bier- oder Honigaufstrich) an. Auf die Frage eines Reporters, wie lange es gedauert habe, bis das Ergebnis feststand, antwortete der Schüler: *„Mit dem sechsten Schweinebraten war ich zufrieden"*.

Den Schweinebraten gibt es auch als schnittfestes und cremiges Püree. Älteren Menschen mit Kau- und Schluckbeschwerden ein Stück Genuss und Lebensfreude zurückzugeben, war hier das Ziel. Es ist natürlich schwierig, mit einem Kunststoff-Einheitsgebiss von der AOK einen Kantinenschweinebraten zu essen.

Das Gebiss verweigert dies in den meisten Fällen. Deswegen war es das Ziel einer Firma aus Niedersachsen, eine für Altenheime vertretbare Form des Schweinebratens zu entwickeln. Der Braten wurde in seiner Konsistenz so verändert, dass er von Menschen mit Kau- und Schluckbeschwerden, mit Demenz oder von Parkinson-Kranken problemlos gegessen werden kann. Es wurden dabei Ideen aus der Avantgarde-Küche des katalanischen Sternekochs Ferrán Adriá genutzt, der als Erfinder der Molekularküche gilt. Man muss sich die Molekularküche so vorstellen: das Essen wird dabei zunächst auf herkömmliche Weise gekocht, ganz fein püriert und dann durch spezielle Texturgeber in Schäume, Geleehüllen oder cremige Massen verwandelt. Der persönlichen Kreativität stehen hier alle Wege offen, was Form und Farbe betrifft.

Wie sich der Kreis doch schließt. Als Baby werden wir mit Brei aus dem Gläschen in das Leben hineingeführt und mit Schweinebraten in Breiform aus dem Leben hinausgeführt.

Der Schweinebraten ist unterbewertet, er kommt bei offiziellen Anlässen viel zu selten auf den Tisch. Ich bin der Meinung, dass er auch bei Banketten und Staatsempfängen, gerade hier in Bayern auf den Tisch kommen muss. Als typisch deutsches Gericht sollte man dem Schweinebraten auch die entsprechende Würdigung entgegenbringen.

Allerdings kann der Schweinebraten nicht immer auf den Tisch gebracht werden. Die Muslime habe da ein Problem, weil in ihrem heiligen Buch steht, dass sie kein Schweinefleisch essen dürfen. Das ist auch zu akzeptieren. Nur soll es nicht so weit führen, dass das Schweinefleisch aus Kantinen und Gasstätten verbannt wird, nur weil dort Muslime verkehren. Es kann nicht sein, dass durch vorauseilenden Gehorsam gewisse Speisen durch das Verlangen von Minderheiten abgeschafft werden. Unterstützer und Treiber gegen den Schweinebraten sind neben den Muslimen auch die geistigen Turbanträger. Dazu kommen noch die militanten einseitigen Ernährungsfanatiker, die sich sehr gerne überall hervortun. Nach dem Motto: Was ich nicht essen will oder kann, das soll es auch nicht für andere geben.

Die Diskussion um den Schweinebraten wurde sogar zum Politikum, so dass sich auch unsere Bundeskanzlerin äußern musste. Sie forderte Toleranz von den Menschen mit anderen Ansichten und Lebensgewohnheiten, so dass unsere Essgewohnheiten nicht verändert werden müssen. Als die CDU im Kieler Landtag den Antrag formulierte, dass das Schweinefleisch nicht aus deutschen Kantinen zu verbannen sei, nur um vorauseilenden Minderheitenschutz gegenüber Muslimen, Veganern und Vegetariern zu üben, wogte eine kurze Welle der Aufregung durchs Land.

Es gab viel ironisches Gefrotzel und mancher fürchtete eine „Pflicht" zum Schweinefleisch.

Der Schweinebraten hat in der heutigen Gesellschaft einen schweren Stand. Nicht nur dass er von den Muslimen abgelehnt wird, es scheint, als wäre das Thema Schweinefleisch für eine bestimmte Gesellschaftsschicht ein rotes Tuch. Es wimmelt bei uns immer mehr von Veganern, Vegetariern, Fettwegzupfern und sonstigen Keuschessern, die schon bei dem Wort Schweinebraten erste Krankheitssymptome zeigen. Meistens im Kopf.

Es kann doch nicht sein, dass der Schweinebraten als Identitätsmarker unserer Kultur bedroht wird.

Es kann doch nicht sein, dass wir unseren Schweinebraten verstecken müssen.

Es kann doch nicht sein, dass wir uns von irgendwelchen andersdenkenden Menschen beirren lassen.

Diese Betrachtung ist ein Plädoyer für den Schweinebraten. Ich oute mich an dieser Stelle und erkläre öffentlich:

„Schweinebraten, ich liebe dich."

Alles to go

Muss das denn sein

Heute ist alles in Bewegung. Die Zeit der sitzenden Ruhe ist vorbei. Getrieben von einem inneren Drang muss jetzt alles im Gehen und alles dabei noch schnell erledigt werden. Das Schlagwort heißt „to go". Man kann, wenn man will, dem „to go" etwas Positives abgewinnen: wir sind effektiv, in dem wir nicht nur nutzlos gehen, sondern gleichzeitig noch etwas erledigen.

Aber müssen wir immer möglichst viel gleichzeitig machen? Ist größtmögliche Effektivität wirklich das Ziel unseres Lebens? Es ist der Druck von außen, es ist der Druck der Masse, der den Menschen treibt, wenn der Mensch sich dann auch treiben lässt.

Ist nun die Schnelllebigkeit ein Segen? Die Frage muss jeder für sich entscheiden. Zeit wird eingespart durch Telefonieren im Gehen, durch Trinken im Gehen und durch Essen im Gehen. Für was wird diese zusätzliche Zeit verwendet? Ja, man kann noch ganz schnell etwas anderes erledigen.

Ist es denn ein Lebensziel, möglichst viel möglichst schnell und möglichst vieles gleichzeitig zu erledigen?

Wo bleibt da die Vertiefung, das Festbrennen im Gedächtnis, das Erleben? Meist ist auch bei viel und schnell die Fehlerquote sehr viel höher. Dass bei „alles to go" sehr viel Müll produziert wird, steht fest. Aber es ist nicht nur der klassische Abfall, es wird auch viel geistiger Müll fabriziert. Keine Zeit zum Denken. Die meisten Menschen nehmen sich keine Zeit mehr.

Betrachten wir nur einmal an das Rauchen. Das war einmal ein männliches Ritual. Die Männer saßen in Hinterzimmern oder Salons und qualmten sich vergnüglich die Bude voll, sie nahmen sich Zeit. Zeit für Gespräche, es müssen ja nicht immer hochintellektuelle gewesen sein. Erst später kam das Rauchen auf der Straße im Gehen, was vormals als ungehörig galt. Das Rauchen to go wurde salonfähig. Zuerst nur für Männer, später auch für die Frauen. Es war kein männliches Privileg mehr, das Rauchen beim Gehen auf der Straße. Zigarette fertig und den Rest einfach auf der Straße hinterlassen. Die ganz Lässigen oder die Coolen, wie man heute sagt, die schnippen die Restzigarette im hohen Bogen von sich. Irgendjemand wird die Straße schon saubermachen. Nach dem Motto: wie gut, dass ich nicht dieser Jemand bin.

Kaffee aus dem Pappbecher, da sträubt sich jedem klassischen Kaffeehaus-Geher und Genießer das Nackenhaar. Und dann noch im Gehen, wo bleibt denn da der Genuss. Der überzeugte Kaffeetrinker taucht seinen Löffel erst in die „crema", benetzt damit den Rand der Tasse, bevor er trinkt. Nichts soll vom reinen Kaffeegenuss ablenken. Beim Kaffee to go kann man sich sowieso nicht auf den Geschmack konzentrieren. Die ersten Schlucke schmecken sowieso nach Pappe. Wenn er dann leer ist, der Becher, was passiert dann? Mülleimer ist keiner in der Nähe, also sich umschauen, diskret irgendwo abstellen und unschuldig in die Luft schauen. Irgendjemand wird ihn schon wegräumen. Mittlerweile werden schon Mehrwegbecher angeboten. Das ändert aber nichts an der Tatsache, dass der Kaffee in bewegter Hektik eingenommen wird.

Nun ja, so ein Pappbecher hat auch einen Vorteil, der Kaffee kann mit Alkoholika veredelt werden und keiner sieht es. Die Frage bei einem Kaffee-Ausschank: „mit was?" bezieht sich nicht mehr nur auf Milch und Zucker. Mit Cognac, mit Grappa, mit Rum oder sonstigem Alkohol. Der Kaffee-Becher als Tarnung für den Alkoholkonsum.

Die größte technische Errungenschaft der letzten zwanzig Jahre ist das Telefonieren to go. Alle sind mobil, auch mobil beim Telefonieren. Leben nach dem Motto: ich bin immer erreichbar.

Muss ich immer erreichbar sein?

Muss ich jede Information bekommen?

Muss alles immer gleich erledigt werden?

Muss ich jede Information, die ich bekomme, sofort weiterverbreiten?

Wenn jemand all diese Fragen mit einem Ja beantwortet, dann ist er ein armer Mensch, ein armer Getriebener, ein armer Hektiker. Er kriegt zwar viel mit, aber das Leben, der Genuss, das Erleben geht an ihm vorbei. Weil er oberflächlich lebt und sich keine Zeit zur Vertiefung nimmt. Eine Information jagt die andere, eine Flut von Informationen überschwemmt die Menschen. Das menschliche Hirn ist großartig, aber nicht so großartig, um alles, was auf es hereinstürmt, seriös zu verarbeiten.

Man sieht es heute vielerorts in den Lokalen, junge Menschen sitzen zusammen am Tisch und jeder starrt auf sein Smartphone und tippt darauf herum. Sie unterhalten sich nicht verbal. Vielleicht schicken sie sich gegenseitig Nachrichten und unterhalten sich auf diese Art und Weise. Warum gehen die dann miteinander aus? Wenn ein Zusammentreffen so verläuft, könnte doch jeder zuhause bleiben.

Doch es sind nicht nur die Jungen, auch ältere Paare oder Gruppen sitzen im Café oder im Restaurant und jeder schaut oder tippt auf sein Mobilgerät. Es ist eine Unsitte. Das Essen oder der Kaffee wird zu Nebensache. Es ist doch auch entwürdigend für den Partner oder den Begleiter, wenn dem Smartphone mehr Aufmerksamkeit gewidmet wird als dem Gegenüber.

Vielleicht wäre hier mal wieder Hirn „to go" ange-bracht, damit dem Tischnachbarn auch mal was Ge-scheites aus dem eigenen Schädel angeboten wird und nicht nur aus dem Gscheitkasterl (so die bayeri-sche Bezeichnung für das Smartphone).

Smartphone to go und kein Auge für den Verkehr. Wie viele Menschen laufen auf dem Gehweg, den Kopf gesenkt über das Smartphone. Sie laufen auf andere Leute zu und erschrecken sich dann, wenn je-mand vor ihnen steht. Sie überqueren die Straße, der Blick starr auf das Smartphone gerichtet. Wenn et-was passiert, dann sind die anderen schuld! Aber grundsätzlich sind die Stöpsel im Ohr und das Star-ren auf das Handy im Straßenverkehr eine Gefahr, genauso wie das Handy am Steuer.

Essen to go. Ob Hamburger, Döner oder Pizza-schnitten, kaufen, gehen, essen. Das ist die höchste Effektivität. Die Zeit der Nahrungsaufnahme wird benutzt, um gleichzeitig von A nach B zu kommen. Es ist eine wunderbare Errungenschaft unserer Ge-sellschaft, Kalorien zu sich nehmen und gleichzeitig durch Bewegung wieder zu verbrauchen. Na ja, nachrechnen darf man dabei nicht. Bei so einem Fast Food nimmt man ganz schnell mal ca. 600 kcal zu sich und verliert beim Gehen ca. 20 kcal. In diesem Fall ist das Gehen beim Essen also nicht effektiv.

Verpackt sind diese to go Mahlzeiten in Tüten, Pappkartons oder Papierservietten. So geht man dann mit seiner Mahlzeit los. Irgendwann hat man genug, egal ob man das Behältnis leer gegessen hat oder nicht. Man muss die Verpackung loswerden. Mülleimer ist keiner in der Nähe, also sich umschauen und irgendwo ablegen. Es wäre doch zu beschwerlich, den Abfall bis zum nächsten Müllbehälter mitzunehmen.

Aber nicht nur an den Verkaufsbuden gibt es Essen to go. Auch beim Discounter oder Supermarkt gibt es Produkte fertig zum Verzehr. Geht man durch die Regalreihen fällt eines auf: attraktiv und hygienisch steril in viel Plastik verpackte Produkte to go. Hat sich in unseren Hirnen so etwas wie ein Hygienewahn eingenistet? Was noch auffällt: die Größe der Verpackung steht in keinem Verhältnis zum Inhalt. Das Viel wird vorgetäuscht und der Kunde durch die Optik angelockt. Das optische Viel schlägt sich dann im realen Viel beim Müll nieder. Mit den „ready-to-go"-Produkten kaufen wir in der Regel jede Menge Verpackungsmüll hinzu. Und wo landet dieser Müll dann?

Es gibt immer mehr von diesen to-go-Produkten. Haben wir alle keine Zeit mehr, etwas selber zu machen, oder wie erklärt sich die Beliebtheit der aufwendig verpackten essfertigen Lebensmittel?

Vielleicht haben viele Menschen keine Lust, sich ihr Essen selbst zu machen. Das belegte Brot zum Mitnehmen ist out oder ganz einfach uncool.

Fotografieren to go. Heute wird einfach mit dem Handy draufgehalten, im Vorbeigehen alles fotografiert, was vor die Linse kommt. Früher war die Auswahl des Motivs noch eine interessante Aufgabe, die Genauigkeit bei der Kameraeinstellung erforderte eine Auseinandersetzung mit dem Motiv und Fotograf und kostete Zeit. Nicht im Vorbeigehen, denn Fotos kosteten früher noch Geld. Da hat man sich noch Gedanken gemacht, was man fotografieren will. Die Fotos und deren Speicherung kosten heute eigentlich fast nichts. Hunderte von Fotos lagern auf diesen Speicherkarten, in den allermeisten Fällen bleiben sie auch dort. Ist die SD-Card des Handys voll, dann werden die Bilder auf den Terabyte-großen Speicher des heimischen PC geschickt. Dort ruhen sie dann im digitalen Datengrab und warten auf die Taste „Löschen" und verschwinden dann im Nirwana.

Wenn du so einen „to go Fotografierer" fragst: wie war deine Urlaubsreise? Dann droht dir das Vergnügen, eine 14tägige Urlaubsreise auf dem Handy mit unbearbeiteten Fotos zu betrachten. Das toppt noch das Vergnügen früherer Dia-Abenden mit Freunden und Verwandten.

Oft werden die fotografischen Schnellschüsse per entsprechender App im Bekanntenkreis verschickt. Nach dem Motto „ Schaut mal wo ich bin". Das Wichtigste dabei ist das Ich. Die narzisstische Art, sich selbst auf Fotos zu verbreiten greift schneller um sich als eine Virusgrippe. Die sogenannten Selfies sind es, die heute rund um die Welt geschickt werden. Selfie mit Freundin, Selfie mit einem Promi, Selfie mit populärem Hintergrund. Die Selbstdarstellung kennt keine Grenzen. Ich beim Italiener mit Foto von meiner Pizza, als wüsste niemand, wie eine Pizza aussieht. Ich im Bierzelt nach vier Maß, den Schädel schon halb im Maßkrug. Die Hauptsache dabei ist „my self".

Die Angebote für das to go stehen für alle Lebenssituationen zur Verfügung.

„Fußball to go". Fußball gucken auf dem Smartphone und dabei spazieren gehen, das Bezahlfernsehen macht das möglich mit Sky go".

„Aschekreuz to go", ja, das gibt es in einigen Bistümern. Zu einer bestimmten Uhrzeit steht der Pfarrer vor der Kirche und der Gläubige kann sich im Vorbeigehen mit Asche bekreuzigen lassen. Ein großartiges Zeichen der Moderne in der katholischen Kirche.

„Lama to go" gibt es auch. Es soll einen beruhigenden Effekt haben auf Hektiker und sonstige unruhige Zeitgenossen.

„Klo to go" - etwas ganz Außergewöhnliches. Aus speziell gefaltetem Karton baust du dir deinen Thron. Dann machst du dein Häufchen, das Sägemehl, der Beutel und das Klopapier werden mitgeliefert. Wenn du fertig bist, dann verschließt du den biologisch abbaubaren Beutel, faltest den Thron wieder zusammen und entsorgst deinen persönlichen Biomüll in der Landschaft.

Zur Frage, ob alles immer sofort erledigt werden muss, nehmen wir uns die Aussage von Mahatma Ghandi aus der Mitte des vorigen Jahrhunderts zu Herzen. Gegenüber der heutigen Zeit herrschte damals noch die wahre Beschaulichkeit ohne Computer und Smartphone. Er sagte:

Es gibt Wichtigeres im Leben, als beständig dessen Geschwindigkeit zu erhöhen.

Was hätte er heute gesagt, wahrscheinlich: zwischendurch auch mal auf die Bremse treten, nicht immer nur Gas geben.

Wie es beim Essen das slow food als Gegensatz zum fast food gibt, sollten wir das slow life praktizieren, um Geschwindigkeit aus unserem Leben herauszunehmen. Ein asiatischer Weisheitsspruch lautet: Der Weg ist das Ziel. Unser Lebensweg hat viele Ziele, die zu erreichen sind. Diese Ziele bitte nicht im Vorbeigehen erleben! Nein, denn das Aufnehmen und das Intensivieren bringt Lebensqualität.

Die Zeit anhalten geht nicht, aber den Moment bewusst wahrnehmen ist fast so, als würde man die Zeit anhalten.

Blühende Landschaften

Skurrile Blüten

Wir leben in Deutschland in einer Zeit, in der es uns sehr gut geht. Kein Krieg, ein gutes Angebot an Arbeit und die Möglichkeit, gut für sich zu sorgen. Jeder hat die Möglichkeit, sich mit seiner Persönlichkeit zu entfalten. Es herrscht kein Mangel, es herrscht der Überfluss. Gute Lebensmittel werden weggeworfen, technische Geräte werden ausgetauscht, obwohl sie noch gut funktionieren. Die Armut ist zwar da, aber nur bei wenigen, je nachdem, wo die Armutsgrenze angesetzt wird. Deutschland ist ein kleines Schlaraffenland, wenn man es von anderen Teilen der Welt aus betrachtet. Dieser gesättigte Wohlstand führt aber auch zu allerlei Gedankengut, manchmal logischem und manchmal auch abwegigem.

Auf der ganzen Welt machen sich die wenigsten Menschen Gedanken über die Geschlechter. Überall gibt es männlich und weiblich. Damit haben auch wir Jahrtausende gelebt. Nun, da wir in Deutschland sehr viel Zeit haben und allen möglichen Minderheiten eine Plattform geben, haben wir das dritte Geschlecht erfunden und gesetzlich zementiert, das dann gerne mit einem Sternchen bezeichnet wird.

Gender ist von der Definition ein Neutrum, bei dem die Geschlechtsidentität des Menschen als soziale Kategorie definiert wird (z. B. im Hinblick auf seine Selbstwahrnehmung, sein Selbstwertgefühl oder sein Rollenverhalten). Es ist also kein effektives Geschlecht, sondern eine Wahrnehmung. Du bist das, was du fühlst, dass du bist. Ein Gender ist zwar ein Mann oder eine Frau, fühlt sich aber nicht so. Der Gender lebt also im falschen Körper. Für die Betroffenen ist es eine zu bemitleidende Situation und die letztendliche Entscheidung über die Zugehörigkeit ist schwierig. Jeder, der schon einmal psychische Probleme hatte, weiß, wie schwierig das Leben unter derartigen Umständen ist.

Aber dennoch, braucht man für diese Gefühlswelt ein Gesetz für ein drittes Geschlecht? Braucht man für einen Anteil von unter ein Prozent an der Bevölkerung ein eigenes Geschlecht? Braucht man dafür auch eine eigene Anrede als Diverse? Nun wenn es denn der Befriedung von Minderheiten dient, dann wird so etwas eingeführt.

Bei Stellenangeboten und bei sonstigen Ausschreibungen müssen immer alle Geschlechter angesprochen werden, deswegen in Klammer hinter der Berufsbezeichnung die Kürzel „m,w,d", also männlich, weiblich, divers. Zur Bezeichnung „m,w,d" noch eine Bemerkung, sie kann auch anders definiert werden, je nach Gesinnung.

Jetzt ist noch im Gespräch, ob man nicht in Schulen extra Toiletten für Gender einbauen soll oder muss. Da geht dann der Mann, der sich weiblich fühlt, mit der Frau, die sich männlich fühlt, auf die gleiche Toilette. Wir können es uns leisten Geld und Aufwand für die Inthronisation eines dritten Geschlechts zu investieren. Solche Ideen werden nicht in einem Land geboren, in dem man um das Überleben kämpfen muss, sondern nur in einem Land, in dem man keine anderen Sorgen hat. Wohlstandblüten.

Was gerade besonders schön blüht, das sind die sogenannten sozialen Medien. Sie sind eine Art Sportplatz, auf dem sich alle austoben dürfen, ohne Regeln und ohne Kontrolle. Was dieses „Spiel" so interessant macht, ist, dass jeder unter einem Alias-Namen teilnehmen darf, also unerkannt. Diese öffentliche Meinung bestimmt in vielen Bereichen die allgemeine Richtung des Denkens.

Man denke nur an den Gebrauch von Worten und Ausdrücken. Das betrifft in besonderen Maße den Rassismus. Rassismus ist eine Krankheit des Kopfes, deren Behandlung sich nicht in dem Verbot von Worten und Ausdrücken erschöpfen kann und bestimmt nicht leicht zu heilen. Die Ursachen liegen woanders.

Diese Menschen werden nicht zu besseren Menschen, wenn sie andere Worte verwenden.

Und wer bestimmt nun, welches Wort oder welcher Ausdruck rassistisch ist? Es sind nicht die Sprachwissenschaftler und sonstige geistig hochstehende Personen, die dies festlegen. Social media bestimmt, was rassistisch ist. Viele Worte, die bisher zum Sprachgebrauch gehörten, ohne irgendeinen abwertenden Hintergrund oder Hintergedanken, werden zu Unwörtern erklärt. Wehe dem, der sie dennoch gebraucht, dem flutet ein „shitstorm" entgegen. Da wird auch kein Halt vor Namen und Bezeichnungen gemacht.

Ein Beispiel ist eine „social media group" aus Augsburg, die meinte, der traditionelle Name des Hotels „Drei Mohren" sei rassistisch. Schlecht ist, wer Schlechtes denkt. Ich glaube nicht, dass sich die Gäste des Hotels wegen des Namens schlechter gefühlt haben oder schlechter geschlafen hätten. In all den Jahren des Bestehens hat sich kein Mensch am Namen gestört oder hätte rassistische Gedanken gehabt. Nun, diese Gruppe hat es geschafft mit Öffentlichkeitsarbeit und Demonstrationsmärschen, dass die Hotelleitung den Namen änderte, nur, um aus den gestreuten negativen Schlagzeilen zu kommen. Ein Erfolg?

Als vorauseilende Vorsicht ist auch die Entfernung des dunkelhäutigen Königs (ich denke dunkelhäutig ist noch erlaubt, ohne dass man als Rassist beschimpft wird) aus den weihnachtlichen Krippen zu betrachten, aus Angst vor einem Aufstand von selbsternannten Beschützern der Unterdrückten. Schräger geht es wohl nicht. Muss man sich schon fürchten, wegen harmloser Darstellungen, die seit Jahrhunderten nicht anstößig waren, an den Pranger gestellt zu werden, nur weil irgendwelche Gruppierungen Theater machen könnten. In vielen Krippen waren deshalb nur noch zwei Könige zu sehen. Dann feiern wir eben am 6. Januar nur noch Heilig Zwei König.

Wenn jetzt schon die Eigennamen in das Visier der geistigen Saubermänner*-frauen kommen, was passiert dann mit den Familiennamen Neger und Mohr? Sollen diese dann, parallel der Umwandlung des Negerkuss in Schokokuss, in Schoko umgetauft werden? Oder was machen wir mit unserer alten Literatur? Zum Beispiel mit dem Schiller´schen Zitat:

„Der Mohr hat seine Arbeit getan, der Mohr kann gehen".

Der Rassismus steckt nicht im Wort, der Rassismus ist im Hirn. Ich kann noch so viele Worte verbieten, wenn das Hirn nicht mitmacht, nutzt dies gar nichts. Aber das bringe mal einer den Eiferern bei.

Aufgrund der Tatsache, dass von irgendwelchen Gruppen persönliche Attacken ausgelöst werden können, muss man heute in Deutschland sehr vorsichtig sein bei irgendwelchen Äußerungen. Nicht nur Worte, sondern bestimmte Ausdrucksweisen können den Sturm von Entrüstungen auslösen. Social media ist eine Waffe geworden. Es gibt immer irgendwelche Zeloten, die meinen, sie müssten ihre subjektive Meinung öffentlich propagieren und sich zu moralischen Richtern erheben. Diese Menschen, oft sind es nur Minderheiten, haben anscheinend viel Zeit, um sich mit unwichtigen Dingen zu beschäftigen, um diese dann auch noch politisch und gesellschaftlich durchzusetzen.

Diese Minderheiten treiben mit dem Motor „social media" und der Sensationspresse die Massengesellschaft vor sich her. Das geht nur in einem Wohlstandsland, wenn man sonst keine Sorgen hat und dazu Zeit und Gelegenheit hat, seine egozentrische Meinung zu verbreiten. Diese Menschen bzw. diese Minderheiten sind Blüten des deutschen Wohlstands.

Und jetzt, da uns die Klimakatastrophe bevorsteht, kam eine prachtvolle Blüte zum Erblühen. Sie stieg plötzlich empor aus den Tiefen der Wälder Schwedens, die Jungfrau Greta Thunberg. Sie wurde uns gesandt, um das Klima und die Welt zu retten.

Das Gewissen der Welt sollte durch diese Erscheinung aufgerüttelt werden. Greta Thunberg brachte eine Botschaft. Sie segelte weit über das Meer, um ihre Botschaft der Welt zu bringen. Vor über 2000 Jahren ist schon einmal einer über das Wasser gegangen und hat eine Botschaft gebracht. Es war eine sanfte Botschaft mit sanften Worten: *gehet hin, glaubt und betet.* Greta Thunberg brachte uns ihre Botschaft jedoch mit fast schon gebellten Worten und einem bösen Blick. Gut geschult durch ihren Vater, einem schwedischen Schauspieler. *How dare you, was erlaubt ihr euch,* donnerte sie heraus.

In der Botschaft der „heiligen" Greta war auch die Klage enthalten, dass ihre Kindheit und ihre Kindheitsträume von uns, der älteren Generation, zerstört wurden. Wenn dies ein Kind in Ghana gesagt hätte, welches im abgelagerten Müll der westlichen Wohlstandswelt nach Verwertbaren sucht, oder ein Kind in Südamerika, das in Minen arbeitet, damit unsere Smartphones funktionieren, dann hätte ich das akzeptiert. Diese Kinder hätten allen Grund zu sagen, dass ihre Kindheitsträume zerstört werden. Aber nicht aus dem Munde eines Kindes, das in Wohlstandsverhältnissen aufwächst und glaubt die Welt verbessern zu müssen. In den Händen und den Köpfen der Wissenschaftler ist die Verbesserung richtig aufgehoben.

Die Blüte Greta erweckt in mir den Eindruck, ein von irgendeinem Konzern oder einer Lobby gut gedüngtes Pflänzlein zu sein.

Skolstrejk för klimatet. Diese, meiner Meinung nach, unqualifizierte Aufforderung von Greta Thunberg, fordert die Schüler auf, freitags nicht in die Schule gehen. Vielleicht wäre es für die Jugendlichen besser, freitags nicht die Schule zu schwänzen, sondern wöchentlich gemeinsam zu beraten und festzulegen, was jeder Einzelne in seinem persönlichen Umfeld tun kann, um das Klima und die Umwelt zu schützen. Vielleicht wäre es für die Jugendlichen besser, das Thema „gutes Zusammenleben und weniger Ausgrenzung" zu besprechen. Das wäre ein konstruktiver Vorschlag der Klima-Aktivistin Greta Thunberg gewesen, bei dem ich sie voll und ganz unterstützt hätte.

Die Theaterinszenierung Thunberg ist unter der Rubrik zwar wohlgemeinter aber egomanischer Werbeauftritt abzuheften auf den sich die Medien gestürzt haben wie ein dürstender Wanderer auf eine Quelle in der Oase. Ich glaube nicht, dass es die Erscheinung Greta Thunberg gebraucht hat. Schon lange forschen seriöse Wissenschaftler zum Thema Klimaveränderung und suchen Lösungen. Es ist ein schwierig zu lösendes Problem, da es nicht nur alle angeht, auch alle mitmachen müssen. Es muss allen bewusstwerden, rund um den Globus.

Das Umweltbewusstsein fängt bei jedem einzelnen vor der Haustür an. Wenn ich überall verdreckte Straßen und Parks sehe, den herumliegenden Verpackungsmüll, dann frage ich mich, ob die Menschen überhaupt in der Lage sind, den Umweltschutz und die damit verbundene Themen wie Klimaschutz zu begreifen. Wie soll ich ihnen dann begreiflich machen, dass sie ihr Leben verändern sollen für den Schutz unserer Erde und den zukünftigen Lebensbedingungen. Verbesserungen beginnen im Kopf und müssen auf einen fruchtbaren Boden fallen. Das Thema Erderwärmung und Klimaschutz ist momentan medial in den Hintergrund gerückt. Kommt ein neuer Medienstar ist der alte vergessen, Corona hat als neuer Headliner Greta Thunberg abgelöst.

Eine weitere Wohlstandsblüte ist der Starkult. Filmstars, Musikstars, Sportstars. Alle sind Stars, die nur auf der Plattform des Wohlstandes gedeihen können. Wer bestimmt denn, wer ein Star ist? Weil einer gut aussieht oder weil er einen Ball weit schießen kann oder weil er gut singen kann, deswegen muss man ihn nicht gleich als Star bezeichnen. Das Wort Star sollte der absoluten Spitzenklasse, den Ausnahme-Könnern vorbehalten bleiben. Die meisten als Stars bezeichneten Menschen sind nicht immer überragende Könner, sind eher medial erzeugte Werbeträger, die uns zu Konsumenten machen sollen. Es sind Medienprodukte.

Von diesen so herausgestellten Personen lebt ein ganzes Genre der Zeitschriften-, der Fernseh- und der Radiowelt. Also sind es die Medien, die bestimmen, wer ein Star ist, es geht nicht immer um Leistung oder Können. Wichtig ist, dieser „Star" lässt sich gut vermarkten. Was der „Star" singt, wird gekauft, was der Filmstar oder der Sportstar trägt, wird gekauft, kurzum, jeder will seinem Star nahe sein. Oder noch besser, jeder will selbst ein Star werden. Plattformen gibt es genug, „Deutschland sucht den Superstar", „Germanys next model", „Dschungelcamp" usw. Diese sogenannten Stars produzieren sich vor den Kameras, als Blüten der Medien und des Wohlstandes. Sie glauben die Crème de la Crème zu sein. Sie sind schon so vom Virus der Selbstdarstellung befallen, dass sie wirklich selbst glauben etwas Besseres zu sein.

Wie überkandidelt diese Branche ist wird uns auf Schritt und Tritt klar gemacht. Da sagt eine Sängerin: *„Damit ich ein Kleid nicht zweimal in derselben Stadt trage, muss ich genau Buch führen"*. Eigentlich geht der Mensch in ein Konzert, um die Kunst zu genießen, und nicht, um eine Garderobe zu bewundern. Oder der Schauspieler Hugh Grant: *„Ich bin verliebt in meinen Ferrari. Ich stecke in einer Phase meines Lebens, in der ich ein großes Auto zum Wohlfühlen brauche"*. Sind diese Aussagen nicht wundervolle Blüten eines übertriebenen Wohlstandes.

Wenn ich mir so manche der alternden männlichen „Stars" der Unterhaltungsbranche so anschaue, da fällt mir deutlich auf, wie viele sich junge Partnerinnen suchen und auch finden. Diese selbsternannten und von Medien gemachten Figuren wollen noch einmal ein kurzes Aufblühen erleben, sich im Glanz der Jugend sonnen und noch einmal medial wirksam als toller Hecht in Erscheinung treten. Die begleitenden Frauen erliegen in der Regel nicht dem Charme oder dem Sex des Alters, sondern der unwiderstehlichen Anziehungskraft des Geldes und der Prominenz. Um eine öffentlich dekorierte Karriere zu machen, ist einigen Menschen kein Mittel zu schade. Wenn das eigene Können nicht ausreicht, dann gibt es ja noch den „zweiten Bildungsweg".

Wie leben die Stars und Sternchen? Welche tollen Extravaganzen leisten sie sich? Der Wohlstandsmensch liegt im Sessel und sehnt sich nach deren Leben und versucht zu kopieren, anstatt sein Leben selbst zu gestalten.

Richtigstellen möchte ich, dass es wirkliche Stars gibt, die in ihren Gebieten Außergewöhnliches leisten. Leider wird heute mit dem Wort Star fahrlässig umgegangen, sodass man damit nicht mehr klassifizieren kann.

Eine weitere Blüte des satten Wohlstands ist die Trägheit. Wir lassen uns von den Medien leiten, sie begleiten uns auf Schritt und Tritt.

Wir werden von einem Event zum anderen geführt. Medial werden wir gelenkt und bequem und gezielt durch unser Leben geführt. Wenn ich mir dieses Angebot an Unterhaltung, sprich diese Verführung, anschaue, dann fällt mir immer wieder auf wie sehr wir beeinflusst werden und in bestimmte Richtungen gelenkt werden. Es wird uns alles mund- und verdauungsgerecht serviert, ich meine die geistige Verdauung. Appetitanregend, keine zu schwere Kost, es soll für alle begreifbar sein. Regelmäßige Serien, heile Welt, Spannendes, kurzum leichte Kost und seichte Unterhaltung, bei der man geistig nicht so gefordert ist. Alle Menschen sollen zufrieden gestellt werden und sich im Flimmern der heilen Welt sonnen.

Schaue ich mir die Nachrichtensendungen an, so jagt eine negative Sensationsmeldung die andere. Weltweite Katastrophen, Kriege, jammernde Klageweiber werden uns gezeigt und Steine werfende Kinder. Leichen werden in Großaufnahmen vorgeführt, Maschinengewehrgeknatter und Bombenabwürfe. Wir werden zu dieser Lust nach Schrecklichem und Absonderlichem erzogen und brauchen uns nicht zu wundern, wenn die Anzahl der Gaffer bei irgendwelchen Unfällen immer größer wird und der Umgang untereinander immer brutaler. Der abgestumpfte Mensch lechzt nach Sensationen und Kitzel, er wird katastrophil.

Wenn im hintersten Eck von Amerika ein Heustadel brennt, ist man mit Kamera und Reporter vor Ort, um einem mitzuteilen, welche weltpolitische Bedeutung das hat. Ich habe dies ganz bewusst so übertrieben, denn bei vielen Beiträgen der Nachrichtensendungen frage ich mich, wen das bei uns interessiert oder ob uns das überhaupt zu interessieren hat. Wir müssen nicht unbedingt hinter jeder Sensationsmeldung herhecheln.

Wie wäre es, wenn gute und schlechte Nachrichten sich in den Medien die Waage halten würden. Das heißt: Den Menschen verstärkt zeigen, dass es auch viel Gutes auf dieser Welt gibt. Gute Nachrichten zeigen oft eine grössere Wirkung. Aber Horrorszenarien aufzubauen und Sensationen zu verkünden ist Futter für die Journalisten und Befriedigung des anspruchslosen Publikums. Was zählt, ist die Auflagenzahl und die Einschaltquote. Um diese zu steigern, überschreitet man gerne Grenzen, Grenzen der guten Sitten und Grenzen der Pietät. Schaue ich mir Filme oder Krimis an - es wird immer brutaler. Morde, Körperverletzungen werden in allen Einzelheiten dargestellt. Die Gefühlswelt der Zuschauer wird abgestumpft, Modelle zur Nachahmung werden geschaffen. Skandale und Sensationen sind die Spielwiese für ein breites Genre des Journalismus. Der träge Wohlstandsmensch liegt im Sessel und ihn gelüstet es weiter nach Sensationen.

Eine großartige moderne Blüte sind die „Influencer",
die Meinungsbildner und Vervielfältiger in den sozialen Medien. Sie stellen ihre Meinung und ihre Bilder
in das Netz, verbinden diese mit Produktwerbung
und lassen sich von den beworbenen Firmen bezah-
len. Je mehr „follower", um so höher sind die Einnahmen. Jeder Klick bringt Geld. Wie bekommt man
nun entsprechend viele „follower"? Man verlinkt seinen Account mit einem Service, der die entsprechende Anzahl von „follower" einstellt. Natürlich
nicht kostenlos, zehntausend Follower für 39,99 €.
Neutral betrachtet ist es eine beiderseitige Gewinnsi-
tuation. Der „Influencer" verdient Geld, indem er für
Firmen die Werbung übernimmt. Die Firmen bekommen eine riesige Plattform für ihre Produkte im Internet. Ein blühender Markt, der neu geboren wurde.

Noch eine weitere besondere Blüte des Wohlstands sind die Gesundheitsapostel der Ernährung,
die uns jeweils aus ihrer subjektiven Sicht erzählen,
was für uns gut ist und was nicht. Ja, wenn man genug Auswahl hat und genug Geld hat, kann man sich
jede Art von Ernährung leisten. Man muss ja nicht,
wie im Großteil dieser Welt, um das Überleben
kämpfen. In diesen Regionen muss das gegessen
werden, was gerade zur Verfügung steht. Für uns ist
Nahrung nicht nur in Hülle und Fülle da, nein, sogar
im Überfluss. Woanders auf der Welt verhungern
Menschen und wir werfen Gutes in den Container

und geben es nicht an die Ärmeren weiter, nicht mal den eigenen Armen im Land. Diese Menschen werden sogar bestraft, wenn sie nach Essbarem und Nicht-Verdorbenen suchen, das von den Märkten entsorgt wird. Wir werfen nicht nur Essbares weg, auch noch funktionierende Geräte, weil das Neue das Alte toppt. Diese Umstände sind Wohlstandsblüten, die weder Schönheit ausstrahlen noch einen guten Duft. Eine Stinkmorchel, auf die wir eigentlich verzichten sollten.

Jeder kann das essen, was er will, und wenn einer meint, das sei nicht gesund, dann soll er das meinen und für sich behalten. Aber bitte nicht missionarisch auftreten und glauben, andere überzeugen zu müssen. Eine Nachricht von mir an diese Gesundheits-Prediger:

Wenig Freude haben diese Spießer im Leben
Die nur nach Tugend und Gesundheit streben
Keine Lust, kein Schnaps und kein Tabak
Lebenslang ein armer Sack
Kein Freudenfeuer umgibt sie rötlich
Jeder wird einmal steif und starr
Ob er gelebt hat als Heiliger oder als Narr
Die ultimative Weisheit ist ganz ehrlich
Leben ist einfach lebensgefährlich
Und endet immer tödlich

Ich habe nicht die Absicht, hier alles in Frage zu stellen und herumzukritteln. Ich lebe gern in diesem Wohlstandsland Deutschland. Es wird allerdings nie eine Gesellschaftsordnung geben, die alle Menschen befriedigt. Es soll jeder - und wir haben beste Möglichkeiten - nach seiner Fasson selig werden. Ich habe aber etwas gegen Menschen, die glauben, sie seien auf die Welt gekommen, um ihre persönlichen Segnungen zu verbreiten und als Missionare, Propheten und Klugscheißer demonstrativ und medial auf andere einzuwirken. Diese Zeloten glauben, sie seien berufen, mit ihren subjektiven und revolutionären tollen Gedanken uns die bessere Zukunft zu bringen.

Hier in Deutschland stelle ich leider fest, dass Minderheiten mit aufgewertetem Populismus die Mehrheit beherrschen, siehe Gender, siehe rassistische Worte, siehe Starkult. Warum nehmen sich diese Menschen so wichtig, warum fühlen sie sich berufen? Oder ist es ganz einfach die Egomanie, die sie treibt? Hat das vielleicht etwas mit persönlicher Unzufriedenheit zu tun?

Mich freut es, wenn ich zufriedene Menschen um mich sehe, denn das sind friedliche Menschen. Wir in Deutschland haben allen Grund zufrieden zu sein. Es ist sehr wahrscheinlich das beste Leben, das bisher auf dieser Erde zu erreichen war. Kein Krieg, eine Wirtschaft, die uns alles bietet, keine Versorgungsängste, eine umfangreiche Gesundheitsversorgung, eine gute Altersversorgung. Was wollen wir mehr. Im Vergleich zur bisherigen Menschheitsgeschichte ist dies ein Paradies. Natürlich ist nicht alles perfekt und es gibt immer wieder Möglichkeiten zur Verbesserung. Wir müssen auch immer nach Verbesserungen streben, aber mit Hirn, Maß und Ziel, und evolutionär und nicht revolutionär. Ich freue mich, in einem Wohlstandsland leben zu können, auch wenn es manchmal seltsame Blüten treibt. Es sind Blüten, über die ich den Kopf schütteln muss, es sind aber auch Blüten, die mich zum Schmunzeln bringen. Doch bei so manchen Blüten kommen mir Bedenken. Der Wohlstand lässt seine Blüten weiterwachsen.

Blüh` im Glanze dieses Wohlstands,
blühe deutsches Vaterland.

Die Virusattacke

Wie gehen wir mit dem Virus um

Die ganze Welt musste erkennen, wie fragil unser Leben ist. Im Rausch von Überfluss und Reichtum hat die Wohlstandswelt einfach vergessen, dass wir ein Teil der Natur sind und keine übernatürlichen und unangreifbaren Wesen. Höher, schneller, weiter, mehr, mehr, mehr. Diese Eckpfeiler, an die wir glauben und die wir leben, sind nun durch die Corona-Pandemie erschüttert worden. Wir Menschen haben uns ein Lebensbild geschaffen, das an ein unerschütterliches und weltliches Überlegenheitsgefühl gekoppelt ist. In diesem geistigen Mikrokosmos leben wir, zumindest der Teil der Menschheit, der das Glück hat, im Wohlstand zu leben. Durch Corona mussten wir erkennen, wie verflochten unser Leben ist, privat wie auch global. Wie sind wir bis jetzt mit dieser Pandemie umgegangen? Mit plötzlichem Erschrecken. Mit hilflosem Staunen. Mit einfach mal machen. Mit schauen, was dabei heraus kommt.

Warum das so ist? Weil wir es noch nie mit einer so hoch infektiösen Pandemie zu tun hatten. Wir haben die Möglichkeiten von Pandemien unterschätzt oder ignoriert und waren deshalb nicht vorbereitet.

Die zuletzt bekannte Pandemie, die „Spanische Grippe", wurde nicht beherrscht, man hat sie mit vielen Toten ausgesessen. Heute wird reagiert, es wird hektisch reagiert, jede Regierung ergreift Maßnahmen. Ob diese richtig sind, ob sie übertrieben sind oder ob sie zu wenig sind, weiß niemand. Es ist Neuland. Wird nichts zur Eindämmung bzw. zum Bevölkerungsschutz unternommen, schreit jeder nach dem Staat und fordert staatliche Maßnahmen. Werden sie dann ergriffen, dann kommt der Aufschrei aus der andern Ecke, aus der der Ego-Bürgerrechtler.

Der Name Corona stand für Michael Peschek anscheinend schon immer für Schlechtes.

Musikalisch war es eine schlimme Zeit
Corona sang "it is the rhythm of the night"
Dazu gab's namensgleich ein Bier
Hier trank man lieber eins statt vier
Und dreißig Jahre später
Schickt China n´en todsich´ren Vertreter
Ob das nicht aus Kalkül entsteht
An der die Welt zugrunde geht
Corona: bleibe weg von mir
Und wo ist meine Rolle Klopapier?

Der Schrei nach Klopapier erschallte nicht nur in der entsprechenden Lokalität, man hörte ihn auch in allen Einkaufstempeln und dieser Schrei war wie ein

Symbol für die Coronakrise. Wenn schon Klopapier gehamstert wird, dann muss die Hysterie schon sehr groß sein. Der Rolle Klopapier kam plötzliche eine Bedeutung zu, die man sich vorher nicht vorstellen konnte. Sie ersetzte bei manchen Einladungen, vor den harten Beschränkungen, sogar die obligatorischen Blumen und war höchst willkommen.

Wenn Nudeln und Tomatensaucen ausverkauft sind, dann ist das ein Zeichen, dass sich Angst verbreitet. Angst, dass sich ein Hungergefühl bemerkbar machen könnte. Ein Gefühl, das im Wohlstand nicht mehr bekannt war. Das Zutrauen zu Staat und Wirtschaft war plötzlich nicht mehr vorhanden. An Mangel ist keiner mehr gewöhnt. Wenn man etwas wollte, dann holte man es sich aus den Märkten. Die Produkte waren immer vorrätig. Leere Regale sind bei uns nicht vorstellbar. Denken wir an andere Länder, da ist oder war der Mangel oder die Nichtverfügbarkeit normal. In der damaligen DDR kaufte man das, was gerade vorhanden war, und das war nicht immer das, was man wollte.

Erst hamstern und dann demonstrieren, auch ein Ergebnis der Corona Krise. Genügend Essen zu Hause, nun dann gehen wir jetzt zum Demonstrieren. Gegen was oder gegen wen?

Am besten gegen den Staat, der gerade versucht, mit mehr oder weniger drastischen Einschränkungen und Verboten die Pandemie irgendwie in den Griff zu bekommen. Ich fühle mich in meinen Grundrechten jedweder Art beschnitten. Dieses Gefühl war für einige Grund genug trotz Versammlungs- und Kontaktverboten auf die Straße zu gehen. Demonstrieren gegen die Abstandsregeln, gegen die Mundschutzpflicht, gegen die Ausgangssperren. Das sind aber auch meist die ersten Bürger, die nach staatlicher Fürsorge rufen, wenn ihnen etwas passiert. Sie berufen sich dann auf das Grundrecht, dass der Staat helfen muss. Bei einigen unserer Bürger hat sich anscheinend ein „Grundrecht" auf Party, Jubel, Trubel, Heiterkeit im Gehirn verankert.

Bei diesen Demos gegen die Corona-Beschränkungen muss der echte Demonstrant sich nicht nur persönlich und verbal, sondern sich auch plakativ in Szene setzten. Gemaltes Pappschild:
Grundrechte sind Abwehrrechte gegen den Staat.
Was soll das heißen? Er ist doch selbst ein Teil des Staates. Ob sich dieser Demo-Teilnehmer seiner Bürgerpflichten für den Staat ebenso bewusst ist? Ob er auch für Bürgerpflichten auf die Straße gegangen wäre? Genauso wie dieser Demonstrant seine Rechte gegenüber dem Staat einfordert, so hat der Staat, sprich die Allgemeinheit, Rechte gegenüber dem einzelnen Bürger einzufordern.
Zu einem gut funktionierenden Staat gehören Rechte und Pflichten und zwar gut ausbalanciert. Ein derartiges Plakat, verdeutlicht was in sehr vielen Bürgern

verankert ist: nur persönliche und nur egoistische Rechte.

Manchen Menschen ist auch keine Geschmacklosigkeit zu schade, um sie an die Öffentlichkeit zu bringen. Bei einer Demonstration gegen die Corona Beschränkungen trug eine Frau dieses Schild auf dem Rücken:

Wie konnten sich die Massen unter Hitler nur so dumm manipulieren lassen? Die Corona-Trottel von heute geben uns die Antwort.

Die Frage, die sich hier stellt: geht es noch dümmer? Wer ist hier Trottel? Kein Geschichtsverständnis, kein Denkvermögen und keine Demut. Das ist die Erkenntnis die ich von dieser Darstellung mitnehme. Anscheinend sind einige Menschen wirklich so dumm, dass sie ihre geistige Schwäche auch noch öffentlich darstellen. Da wird zum Beispiel einem elfjährigen Mädchen eingetrichtert, sie solle sagen, dass sie sich wie Sophie Scholl fühlt. Was denken sich Eltern dabei, ihre Kinder in dieser Weise zu benutzen. An dieser Stelle passt ganz gut ein Zitat von Bertolt Brecht:

Unsichtbar wird die Dummheit, wenn sie genügend große Ausmaße angenommen hat.

Für manche Menschen gibt es Gründe zu leugnen, dass es sich wirklich um eine menschengefährdende Infektionskrankheit handelt. Infektionskrankheiten

gibt es zuhauf. Wir haben als Masse Mensch überlebt, einige viele oder einige wenige, je nach Sicht-
weise. Wir werden uns daran gewöhnen müssen,
dass pandemische Erkrankungen durch die Globalisierung und die weltweite Mobilität immer wieder
auftauchen werden. Wir werden uns auch daran gewöhnen müssen, dass wir Einschränkungen hinneh-
men müssen. Epidemien früherer Zeit endeten auf
Grund der begrenzten Regionalität. Der Starke über-
lebte, der Schwache wurde Opfer. Es ist inhuman,
diese Verhaltensweise in einer aufgeklärten Welt auf
Corona oder noch kommende Pandemien anzuwenden. Wir müssen uns mit allen Mitteln, die wir zur
Verfügung haben, dagegen wehren. Zum anderen
wissen wir noch nicht, welche bleibenden gesund-
heitlichen Schädigungen nach einer Infektion bleiben.

Wir können uns nicht einfach hinter der Aussage
verstecken, es trifft nur Menschen über 70 mit Vor-
schädigungen. Mit Statistiken und persönlichen Mei-
nungen werden Maßnahmen begründet. Auf welcher Basis beruhen die Aussagen der Experten, auf
Erkenntnissen bestimmt nicht, denn dann hätte man
ja Erfahrungen. Also sind es Vermutungen.
Bei den Statistiken ist ebenfalls zu hinterfragen, gibt
es stabile Basisdaten, auf denen sich Statistiken zuverlässig aufbauen lassen. Wenn Neuinfektionen

täglich verkündet werden, dann müssen auch Vergleichsdaten genannt werden. Wieviele Tests wurden durchgeführt, wo wurden diese durchgeführt, in Ballungszentren oder auf dem flachen Land. Warum wurden diese Menschen getestet, wer bestimmt die Auswahl, kommen sie gerade aus Risikogebieten. Hat jeder positiv getestete überhaupt Symptome, erkrankt er leicht oder schwer. Es wäre besser die Menschen aufzuklären, und sie nicht immer wieder mit neuen Höchstzahlen zu bombardieren. Wir sollten auch keine Fronten zwischen Corona-Gläubigen und Corona-Leugnern aufbauen. Es ist für die Entscheider immens schwer, hier eine allgemein verbindliche Richtlinie aufzustellen. Deswegen ist gegenseitige Toleranz gefragt. Es ist nicht sinnvoll und nicht zielführend, sich auf Demos zu brüsten.

Es wäre eine wunderbare Erkenntnis aus dieser Gesundheitskrise, wenn global konzertiert Virenforschung und Medikamentenentwicklung betrieben würde und die Ergebnisse allen Menschen zur Verfügung gestellt würden. Es ist zu vermuten, dass wir uns immer wieder mit pandemischen Krankheiten auseinandersetzen müssen, deshalb ist die weltweite Zusammenarbeit ein zwingendes Muss.

Wenn auch momentan nicht viel dafür spricht, wäre es dennoch eine sehr gute Weiterentwicklung vom aktuellen Menschen zu einem besseren Menschen. Es wird nicht so schnell gehen, aber Visionen sind die ersten Schritte auf einem Weg. Doch es dürfen nicht Visionen bleiben. Nach der Vision muss das Machen kommen.

Das Jahr 2020 wird in die die Geschichte eingehen als das Jahr, in dem der Glaube an das mehr, mehr, mehr schwer erschüttert wurde, als das Jahr, in dem den Menschen klar gemacht wurde wie klein sie doch wirklich sind, als das Jahr des Menetekels. Es sollte eigentlich ein Denkanstoß für die Änderung unserer Lebensweise sein. Der Mensch fühlt sich als Herrscher dieser Welt, doch ist diese Welt nur ein winziger Teil in einem riesigen Kosmos. Es passieren dort immer wieder Dinge, die wir nur schwer erklären beziehungsweise uns vorstellen können. Also: Mensch stelle dich dorthin, wo du hingehörst.

Die jetzige Pandemie und die uns noch bevorstehenden Pandemien sind der Preis der Globalisierung.

Mundschutz made by Schwaben

Der schwäbische Mundschutz

Ein alternativer Ansatz

Die bildhaft dargestellte Schutzvorrichtung ist die schwäbische Antwort auf all die Variationen, die überall als Mundschutz vorgeschlagen und auch getragen werden. Diese spezielle schwäbische Infektions-Verhütungsmethode ist zwar nicht patentfähig, zeigt aber, zu welchen Lösungsansätzen der Schwabe in der Lage ist. Es ist typisch für den Schwaben, an einfachen aber auch nützlichen und wirksamen Dingen zu forschen und sie zu erfinden. Nicht umsonst sind die Schwaben weltweit als „Cleverle" bekannt und willkommen.

Durch die intensive Befestigung dieser Schutzvorrichtung ist sichergestellt, dass der Virus nur eine minimale Chance hat, in den Mundraum zu kommen. Auch ist es nicht möglich, eine Infizierung durch Handübertragung zu erreichen. Beim Einsatz dieses Mundschutzes ist es wieder möglich, die Handwaschzeiten auf ein normales Maß zu reduzieren. Die Umwelt wird es danken durch weniger Wasserverbrauch und weniger Desinfektionsmittel.

Ein äußerst wichtiger Punkt ist, dass es sich beim Inhalt, dem Schutzmedium, nur um schwäbischen

Wein handeln darf. Nur dieser ist durch seinen sauren Charakter in der Lage, den Mund und die Backen zusammenzuziehen. Das Gesicht wird schlanker, damit ist es möglich, seitlich Atemluft zu bekommen. Die Nase ist dabei mit einer Doppelfunktion beauftragt. Sie muss die Lunge mit Atemluft versorgen, zum anderen soll sie die wertvollen Aromen des Maskeninhalts aufnehmen.

Selbst wenn es den Viren gelingen sollte, in den Mund- und Rachenraum einzudringen, ist deren Überlebenschance äußerst gering. Der schwäbische Wein hat schon Größere in die Knie gezwungen.

Hinweisen möchte ich darauf, dass sowohl der Trollinger als auch der Lemberger als Schutzmedium getestet wurden und ihre Wirksamkeit gezeigt haben. Der Mundschutz „Modell Trollinger" zielt auf Grund seiner etwas leichteren Ausführung mehr auf die weibliche Kundschaft. Er ist hell und durchsichtig und lässt den weiblichen Charme der Lippen durchschimmern. Das „Modell Lemberger" ist eher für das männliche Klientel geeignet. Durch seinen kräftigen Geschmack erstickt er im Nebeneffekt auch männliche Widerstände und Widerreden sofort im status nascenti.

Bezüglich der Wirksamkeit haben Testreihen gezeigt, dass sowohl bei dem Modell Trollinger wie auch bei dem Modell Lemberger eine hohe Mortalität des Corona-Virus nachgewiesen wurde. Allerdings ist die richtige Anwendung strikt einzuhalten, da sonst keine Gewähr übernommen werden kann. Die optimale Schutzwirkung wird nur dann erreicht, wenn im vierstündigen Rhythmus das Schutzmedium nachgefüllt wird. Dabei ist darauf zu achten, dass die Maßeinheit Viertele exakt eingehalten wird. Es ist durchaus statthaft, den Nachfüllrhythmus zu verkürzen, aber auf gar keinen Fall zu verlängern.

Natürlich hat diese Art des Mundschutzes auch Nebenwirkungen, die aber eher leichterer Natur sind. Bei fast allen Anwendern wurde eine deutlich erhöhte Heiterkeit festgestellt. Gleichzeitig wurde ein erhöhter Faktor Fatalismus (im Schwäbischen als „leck mich am Arsch" bezeichnet) beobachtet, was in Krisenzeiten durchaus als positiv angesehen werden kann. Als zusätzlicher positiver Nebeneffekt kann man die dauerhafte herrschende Stille bezeichnen, da die Sprachfähigkeit durch diesen Mundschutz deutlich eingeschränkt ist. In vielen Familien wird diese Nebenwirkung als äußerst wohltuend wahrgenommen.

In seltenen Fällen kommt es zu morgendlichen Beschwerden und Irritationen, die aber bei der regelmäßigen Anwendung nachlassen. Zu Risiken und Nebenwirkungen fragen sie bitte nicht ihren Arzt oder Apotheker.

Zusammenfassend kann gesagt werden: der schwäbische Mundschutz ist eine hochwirksame Abwehrmethode, die nicht nur gegen Corona wirkt, sondern auch wirksam ist gegen andere Angriffe auf viraler oder bakterieller Basis. Das bedeutet, dass dieser schwäbische Mundschutz bei jeglicher Epidemie verwendet werden kann. Er ist also eine Investition, die durchaus Sinn macht.

Bei der ökonomischen Betrachtung wird man schnell feststellen, dass die höheren Kosten für das Schutzmedium auf Grund der hohen Wirksamkeit und der angenehmen Nebenwirkungen absolut zu vertreten sind. So geschützt ist es jedem möglich, die Zeit der Pandemie zu überstehen und zwar in einem Zustand, der eher als heiter denn als unglücklich zu bezeichnen ist.

Als Proband mit Langzeiterfahrung kann ich die hohe Wirksamkeit dieser Schutzmaßnahme bestätigen. Seit intensiver Anwendung konnte ich bisher allen bakteriellen und viralen Angriffen widerstehen. Auch den Virus „Corona" habe ich bis dato erfolgreich bekämpft.

Mit freundlicher Empfehlung
Gerd Peschek

Reaktion von Martin B. (100%iger Schwabe)

Hallo Gerd.
Vielen Dank. Eine wirklich großartige Erfindung! Nach meiner ersten Einschätzung teile ich die Auffassung des Autors jedoch in einem Punkt nicht. Ich bin mir fast sicher, dass dieser Mundschutz, zumindest das Modell für Männer, bspw. auch mit einem guten und trockenen italienischen oder spanischen Rotwein funktioniert. Mutig und mir persönlich natürlich nicht zu schade, werde ich deshalb recht zeitnah diverse weitere Versuchsreihen starten. Gerade in solch schwierigen Zeiten ist es ja besonders wichtig, hier völlig selbstlos voranzugehen und sich zum Wohle und Schutz der Allgemeinheit in den Dienst der Wissenschaft zu stellen!
Zum Wohl & liebe Grüße
Martin

Antwort des Autors (95%iger Schwabe)

Hallo Martin.
Ich finde es großartig, dass du dich als Proband für weitere Versuchsreihen so selbstlos zur Verfügung stellst und damit der Wissenschaft sicher zu einem gewaltigen Fortschritt verhilfst.

Was das Schutzmedium anbelangt, kann ich dir nicht so ohne Weiteres folgen. Bei der wissenschaftlichen Untersuchung zeigten sich bei ausländischen Filtermedien deutliche Symptome der Atemnot, da die italienischen und spanischen Gaumenschmeichler durch genießerhaftes Lächeln das Gesicht zu breit machten. Es bedarf schon einer bestimmten Menge an Säure, dass *dir´s gscheit d´Gosch zsamma ziagt*, nur so bekommt man die nötige Atemluft seitwärts.

Kriagscht dia net, na verreckscht au ohne Corona. Die besten Ergebnisse wurden allerdings mit einem Landwein erzielt, den man als schwäbischen Sauerampfer bezeichnet. Er fiel bei der Empfehlung jedoch durch das Raster, da man schließlich auch an den Menschen denken muss.

Da in der Wissenschaft immer wieder unerwartete Ergebnisse durch unkonventionelle Verfahrensmethoden erzielt werden, bin ich gerne bereit, Neues aufzunehmen.

Gruß Gerd

Erwiderung von Martin B.

Hallo Gerd.
Vielen Dank für die Rückmeldung und Aufklärung. Ich kann deiner Argumentation absolut folgen und spüre darin auch die langjährige Expertise und geballte Kompetenz.

Mit etwas Abstand und bei Licht betrachtet, war es vermutlich doch etwas naiv und vermessen von mir, deine Forschungsergebnisse an diesem Punkt in Zweifel ziehen zu wollen. Ich kenne dich als fairen Sportsmann, darum nimmst du mir das sicher nicht übel. Geradezu euphorisiert von deiner tollen Erfindung kam mir eben damals spontan die Hypothese in den Sinn, man könne evtl. den Mangel an Säure und die starken, das genießerhafte Lächeln verursachenden expansiven Kräfte durch ein Mehr an adstringierend wirkenden Tanninen kompensieren?

Was soll ich sagen, diese Idee lässt mich seither einfach nicht mehr los und ich bin hier auch nicht bereit, kampflos aufzugeben. Es ist meine feste Überzeugung, wenn wir beide uns hier zusammentun und fokussiert daran weiter forschen, werden wir in neue Sphären vordringen und Großartiges erreichen. Wir bleiben uns gewogen und halten uns gegenseitig auf dem Laufenden.

Herzliche Grüße,

Martin

Reaktion des Autors

Hallo Martin.

Also gehen wir es an. Auf dem Weg zum Nobelpreis für Virologie und Vinologie (*es ist mir bekannt, dass es Önologie heißt, aber ich finde das Wortspiel gut).

Hat Spaß gemacht, mit dir zu konferieren.
Gruß an dich

Kommentar von Martin B.

Hallo Gerd.
Das klingt doch nach einem vernünftigen Plan und meine bisherigen Experimente lassen durchaus hoffen.
Danke und Grüße an dich
Martin

Lockdown
Skulptur von Ingeborg Peschek

Der Lockdown

Eine Krisenbewältigung in vier Zeilen

Bleib heiter und stets Optimist
Egal wie beschissen die Lage auch ist
Zum Trübsal blasen bleibt noch Zeit
Wenn du dann ruhst in Ewigkeit

Schlecht sind sie nicht die Quarantänen
Zeit zum Denken, nicht für Tränen
Diese Erfahrung als Ergänzung
Leben mit Geschwindigkeitsbegrenzung

Wenn es noch keiner begriffen hat
Die Natur hat unser Leben satt
Deswegen schickt sie uns die Viren
Hirn und Leben neu zu definieren

Der große Virus Größenwahn
Der lenkte unsere Lebensbahn
Ein kleines Virus kommt geschwind
Und zeigt wie angreifbar wir sind

In der Bibel steht geschrieben
David ist gegen Goliath Sieger geblieben
Mensch gegen Virus findet heute statt
Wer ist David, wer ist Goliath

Egal ob Zeitung, Radio oder TV
Ein jeder redet über Corona schlau
Je mehr darüber geredet wird
Das Mehr den Menschen mehr verwirrt

So mancher sitzt allein im Zimmer
Die Einsamkeit wird immer schlimmer
Wenn die Qual dann überquillt
Dann sprich mit deinem Spiegelbild

Das Virus uns Menschen isoliert
Die Wirtschaft wird auch infiziert
Es wird knapp an allen Enden
Die Börsen fallen und die Dividenden

Sind sie einmal da die Viren
Einfach mit Hausmitteln kurieren
Wein, Bier, Schnaps, die sind von Nutz
Und bieten Covid 19 Trutz

Ich sitz zuhause mit meinem Weib
Halt Händchen so zum Zeitvertreib
Die Natur in vollem Frühlingserwachen
Normal würden wir jetzt Urlaub machen

Das Virus sitzt in allen Ecken
Unsichtbar nicht zu entdecken
Wenn deine Sorgfalt mal erlischt
Schwupps, dann hat es dich erwischt

Wir haben schmerzlich es entdeckt
Wie uns Corona angesteckt
Suchen verzweifelt nach Gegenwehr
Das Virus treibt uns vor sich her

Allüberall da lauert er
Die Straßen die sind menschenleer
Keiner will jetzt noch Kontakt
Hat Angst, dass ihn das Virus packt

Wenn wir jetzt dann Ostern feiern
Sucht man nach dem Nest mit Eiern
Dass euch die Vorsicht nicht verlässt
Schützt euch vor dem Virennest

Der Papst ist Ostern allein in Rom
Kein Mensch ist vor dem Petersdom
Kein Massenjubel ihm begegnet
Wenn er den Urbi und den Orbi segnet

In Vino Veritas die Wahrheit liegt
Eine andere Wahrheit aber überwiegt
Die ganze Welt im Aderlass
Es gilt in Virus Veritas

Der Mensch der Herrscher dieser Welt
Mit Wichtigkeit, mit Macht, mit Geld
-Ist schutzlos gegen Virulenzen
Corona zeigt uns jetzt die Grenzen

In Isolation in ungewollter
Corona ist wie eine Folter
Frisst sich in der Menschheit fest
Wie früher Cholera und Pest

Unter Politikern ein stetes Gezerre
Um die Kontakt- und Ausgangssperre
Wer darf was und wer noch nicht
Ruhe ist des Bürgers Pflicht

Die Forschung ist jetzt viel gefragt
Wie lange uns Corona plagt
Bis eine Lösung wird gefunden
Das Virus frei und ungebunden

Als Virenschutz tat man uns drängen
einen Maulkorb ins Gesicht zu hängen
was mir dabei ganz gut gefällt
dass mancher nun die Schnauze hält

Wir hoffen auf des Impfstoffs Segen
Corona Viren zu erlegen
Doch bleibt die menschliche Kreatur
Immer nur ein Spielzeug der Natur

Corona traf uns völlig blank
Machte die Welt ganz plötzlich krank
Hektisch wird nun hin und her entschieden
Man sucht den Zaubertrank des Druiden

Wir können uns vor vielem schützen
auf Erfahrung und auf Technik stützen
Doch schmerzlich müssen wir erkennen
Wie uns die Viren überrennen

Gäbe es eine Wunderfee
Ich hätte einen Wunsch, eine Idee
Um Widerlinge auszubooten
Ein spezielles Virus für Despoten

So lang wir keinen Impfstoff haben
Halten wir uns an ganz normale Gaben
Heben die Gläser und rufen zum Wohl
Der Schutzschirm der heißt Alkohol

Kein Fußball, kein Kulturevent
Wie man es vom Wochenende kennt
Früher hätten wir das für unmöglich gehalten
Und heute müssen wir alles selbst gestalten

Weil dieses Virus es so will
Steht der Atem der Welt fast still
Ich würde es uns allen gönnen
In Freiheit wieder atmen zu können

Ich bin gespannt so wie ein Flitzebogen
Ob und welche Lehren werden gezogen
Doch habe ich den strengen Verdacht
Nächstens wird auch nichts besser gemacht

Die uns jetzt ereilte Pandemie
Mit ihrer Schreckensszenerie
Ist nur ein weiterer Beweis
Globalisierung hat auch ihren Preis

Wir glauben uns kann nichts erschüttern
Mit Eigenlob wir uns täglich füttern
Und müssen immer aufs neu erfahren
Wie klein wir sind bei den Gefahren

Seit Wochen denk ich immerzu
Corona wann gibst du endlich Ruh
Immer hinter den Masken verstecken
Corona wann wirst du endlich verrecken

Coronale Gedanken im April 2020

Corona vorn, Corona hinten
Andere Probleme jetzt verschwinden
Was früher für uns so wichtig war
Ist jetzt ganz plötzlich unsichtbar
Themen die sonst breitgetreten
Sind medial nicht mehr vertreten
Alles was uns sonst noch beschäftigt hat
Corona macht jedes Thema platt

Die coronale Auferstehung von Experten
Die ganz subjektiv ihre Meinung erklärten
Viele rücken sich hier ins Rampenlicht
Ob sie nun Ahnung haben oder auch nicht
Brennpunkt, Talkshows bis tief in die Nacht
Altes wird wiederholt und aufs neu gebracht
Thema Corona kontrovers auf allen Kanälen
Als wollte man die Menschen noch extra quälen

Das deutsche Corona Management
Ist klar, ist deutlich, ist konsequent
Politik ist schwierig in dieser Zeit
Bundesländer versuchen sich in Einigkeit
Die politische Mitte hat gut reagiert
Bei den Anderen ist leider nichts passiert
Schweigen am rechten und am linken Rand
Die Grünen befinden sich im Ruhestand

Die Wirtschaft wird man ans Laufen bringen
Mit staatlicher Hilfe wird es gelingen
Was mir doch große Sorgen macht
Europa hat in der Krise nichts vollbracht
Jedes Land hat für sich selbst agiert
Nicht so, dass man vereint marschiert
Jeder war mit seinen Viren allein
Das kann doch nicht Europa sein

Gespannt schau ich mich jetzt nur um
Wie reagiert das große Publikum
Auf Freiheiten, die dann wieder da
Man kommt sich menschlich wieder nah
Es wäre gut, bliebe es nicht beim Alten
Die Bussi-Gesellschaft würde Abstand halten
Ich wäre bei manchen, so genannten „Lieben"
Froh, wenn sie mir vom Leibe blieben

Ob wir aus der Krise etwas gelernt
Wenn Corona sich irgendwann entfernt
Ich glaube nicht und das ist verlässlich
Der Mensch ist so wunderbar vergesslich
Er wird so weiter wursteln wie bisher
Das große Streben nach Macht und Mehr
Bis alles wieder auf Wolke sieben schwimmt
Der oder das nächste Virus kommt bestimmt

Ich wünsche mir, es würde so kommen
Dass wir aus der Zeit etwas mitgenommen
Das uns in naher und ferner Zukunft schützt
Rund um den Globus den Menschen nützt
Dass man die Welt endlich als Einheit sieht
Und nicht nur patriotischer Egoismus blüht
Ich wünsche, wir werden endlich gescheiter
Denn nur Zusammenarbeiter kommen weiter

Die Mistelprinzessin

Etwas Märchenhaftes

Es war einmal ein kleines Dorf, irgendwo dort, wo die Beschaulichkeit und die traditionelle Ordnung noch herrschten. In dieser Idylle wurde eines schönen Tages eine kleine Prinzessin geboren. Von klein auf zeigte sie ihre Fähigkeiten und tastete alle Grenzen ab. Je älter sie wurde, umso mehr entwickelte sie sich zu einer richtigen Zicke. Wenig war ihr recht zu machen, an allem hatte sie etwas auszusetzen, selbst etwas zu tun, das war ihr lästig. Sie war nur auf die Befriedigung ihres eigenen Egos bedacht. Das Nehmen lag ihr deutlich näher als das Geben. Im Dorf war sie nicht sehr beliebt. Aufgrund ihres Verhaltens nannte man sie Prinzessin Opinata, die Eingebildete.

Prinzessin Opinata wuchs in einem kleinen netten Schlösschen am Rande des Dorfes auf. Ihre Jugendliebe war ein Junge, der seinen Körper ständig in einer der Folterkammern stählte, indem er viel Eisen bewegte. Er hatte keinen recken- oder hünenhaften Wuchs und mit den antrainierten Muskeln ähnelte er mehr einem strammen Muskelzwerg. Er war ohne Selbstbewusstsein und Stolz ausgestattet, deswegen nannte ihn jeder nur Halawachl, den gutmütigen Trottel.

Seine Liebe zu Prinzessin Opinata war grenzenlos und unterwürfig. Sie nutzte diese devote Liebe gerne und mit größtem Wohlbehagen aus. Er diente und dafür durfte er sie lieben. Mit seiner Karosse fuhr er sie dorthin, wohin sie denn immer wollte. Er las ihr die Wünsche von den Lippen ab. Bei den Einkäufen ging er stets einen Schritt und etwas versetzt hinter ihr. Sie ging stolz erhobenen Hauptes durch die Einkaufspaläste, so als ob ihr Freund nicht anwesend wäre. Er durfte für sie tragen und er durfte für sie fahren. Halawachl hatte ein Auftreten wie ein Depp mit Diplom.

Diese Liebe dauerte nur so lange, bis Prinzessin Opinata den Drang verspürte, in die große ferne Stadt zu- ziehen. Sie wollte dort genießen und alle Freuden des jungen Lebens mitnehmen. Dazu brauchte sie Halawachl nicht und ließ ihn einfach im Dorf zurück. Wenn sie auf Besuch in ihr Dorf kam, war sie so hochnäsig, dass sie keinen Menschen dort grüßte. Selbst nahe Nachbarn behandelte sie wie Fremde. Sie fühlte sich als etwas Besseres. Aufgemaschelt trippelte sie im Dorf umher und ab und zu musste Halawachl als Fahrer, Träger oder in einer anderen Form ihr kurzfristig dienlich sein. Er tat dies in ergebener Liebe.

In der großen fernen Stadt gab es viele Prinzen und viele Feste. Sie lebte dort, sie feierte mit den Prinzen und sie liebte die Prinzen. Sie wollte da mit einem dieser tollen Gesellschaftslöwen ihr Glück finden. So lernte sie dort auch den alternden Fürsten Pecunia kennen. Ein Fürst mit einem weißen feisten Gesicht und einer unsportlichen Figur. Dieser Fürst fand Gefallen an ihrem jungen frischen Körper. Er war wohlhabend und großzügig und sie gab ihm das, was er wollte, frischen Schwung. Er genoss dieses und im Gegenzug gab er ihr großzügiges Leben, das sie so noch nicht kannte.

Doch eines Tages begegnete Prinzessin Opinata dem Prinzen Cohiba, ausgestattet mit einem prächtigem Körper und einem charmanten Auftreten. Er gefiel ihr ganz besonders, denn Prinz Cohiba hatte karibische Wurzeln. Fürst Pecunia wurde kurzerhand abserviert. Mit Prinz Cohiba vertrieb sie sich prächtig die Zeit und genoss die Tage und die Nächte mit ihm. Doch eines Nachts passierte ein großes Unglück. Beide hatten nicht aufgepasst und nicht auf die Verkehrsregeln geachtet. Da geschah es, Prinz Cohiba hatte Prinzessin Opinata geschwängert. Dies war ein großes Unglück, denn Prinz Cohiba war nicht reich. Er stammte aus einem verarmten Adelsgeschlecht. Deshalb war er für Prinzessin Opinatas weiteres Leben nicht mehr interessant.

Sie wollte nicht mit ihm zusammenleben. Er konnte ihr kein Luxusleben und keine Dienerschaft bieten. Ein anderer reicher Märchenprinz war nicht in Aussicht.

Das Leben in der großen fernen Stadt war sehr teuer, zu teuer für die Prinzessin. Also zog sie wieder in das Dorf zurück, in die Nähe des heimatlichen Schlösschens. Neun Monate später gebar sie ein Knäblein, das schön war wie der Vater. Sie nannte es Adonis. Prinzessin Opinata hatte keine Arbeit, nicht, weil man ihr keine angeboten hätte, nein, es gab an jedem Angebot das man ihr machte, immer etwas auszusetzen. Einmal waren es die nicht genehmen Arbeitszeiten, denn sie war durch Adonis eingeschränkt, oder es war das ihrer Meinung nach ungenügende Salär. Prinzessin Opinata stellte große Ansprüche.

Ebenso hohe Ansprüche stellte sie an die Gesellschaft, die sie nun ernähren musste. Sie lebte nun von den Sterntalern, die der Sozialstaat für solche Fälle vom Himmel schüttet. Sie hielt ihr Schürzchen auf, aber es waren nicht so viele Talerchen drin, wie sie sich gewünscht hätte. Also bettelte sie darum, wieder in das heimatliche Schlösschen einziehen zu dürfen. Der gestrenge Vater wurde weich beim Anblick seines hübschen Enkels Adonis. Auch wenn er das Verhalten seiner Tochter auf das Heftigste missbilligte, so schaffte er doch Platz und richtete eine Kemenate für Tochter und Enkel ein. Bezuschusst wurde dies wieder durch Sterntaler, die aus dem staatlichen Sozialhimmel fielen. Vater, Mutter und die Prinzessin waren sehr findig im Anzapfen solcher Quellen.

Nach dem Einzug wurde Prinzessin Opinata auch wieder etwas freundlicher zu den Nachbarn und ließ sich schon mal zu einem Gruß herab. An besonderen Tagen war sie auch zu einem Gespräch bereit. Besonders dann, wenn die Menschen bewundernd über die Schönheit des kleinen Adonis sprachen. Der Vater von Adonis, Prinz Cohiba, tauchte oft und regelmäßig im Dorf auf, um das Besuchsrecht an seinem Sohn in Anspruch zu nehmen. Doch wenn er mit seiner Kutsche vorfuhr, sah jedermann, dass er aus verarmtem Adel stammte. Auch durfte er nicht die Kemenate von Prinzessin Opinata betreten, er musste sommers wie winters immer vor dem Schlösschen seinen Vaterpflichten nachkommen.

Von Zeit zu Zeit erschien immer wieder der alternde Fürst Pecunia aus der großen fernen Stadt, anscheinend von Sehnsüchten geplagt. Er kam stets mit einer prächtigen britischen Karosse, unter deren Haube sehr viele Pferde verborgen waren. Er verwöhnte Prinzessin Opinata mit Blumen und Einladungen zu opulenten Speisen. Sie kleidete sich prächtig und stolzierte wie eine aufgeplusterte Henne an seiner Seite.

Fürst Pecunia hatte stets ein paar Arbeitsaufträge, die er dann auch fürstlich entlohnte. Diese Taler konnte Prinzessin Opinata sehr gut gebrauchen. Allein diese Besuche konnten ihre Alltagsprobleme nicht erleichtern. Sie hatte kein motorisiertes Fuhrwerk für ihre Wege. Zu Fuß zu gehen war unter ihrer Würde. Das Fahrzeug des gestrengen Vaters stand ihr nur selten zur Verfügung. Was sollte sie tun?

Da erinnerte sie sich an Halawachl. Ein Anruf genügte und der stramme Halawachl stand vor der Tür. Es machte ihn glücklich, seiner großen Liebe wieder dienlich sein zu dürfen. Genau wie er es von früher gewohnt war, nahm er die Befehle seiner Domina an. Von nun an musste er die Prinzessin von hier nach da und von da nach dort chauffieren. Beim Abholen musste er mit seiner schneeweißen Karosse direkt vor das Portal fahren, damit Prinzessin Opinata nicht zu weit gehen musste. Das Fahrzeug verließ die Prinzessin dann stets, ohne sich umzudrehen und ohne den Schlag zu schließen. Halawachl musste die Tür schließen, die Karosse vernünftig parken und die Gepäckstücke in die Kemenate tragen. Jedermann sah, dass es ihm Spaß machte, seiner Herrin zu dienen. Sehr devot und oftmals mit einem dienenden Augenaufschlag nahm er seine Aufträge entgegen.

Alles erledigte er sofort und meist im Laufschritt, damit er nicht ins Fegefeuer ihres Tadels kam. Prinzessin Opinata war hier gnadenlos.

Auch die Betreuung von Adonis gehörte ab sofort in das Aufgabengebiet von Halawachl. Adonis wurde jeden Morgen mit dem Fahrzeug in die Kinderbetreuung gebracht, zuerst von beiden, später durfte Halawachl dies immer allein erledigen. Auch das Abholen gehörte zu seinen Obliegenheiten. Den kleinen Schlosshund hatte er auch spazieren zu führen, falls der Schlossherr oder die Herrin keine Zeit hatten. Prinzessin Opinata hatte für ihren Hund nur selten Zeit und Lust.

Halawachl hatte auch einen Beruf, diese Arbeitstätigkeit hatte er stets zu unterbrechen, wenn Prinzessin Opinata ihre Wünsche vorbrachte. Tag und Nacht war er für sie zur Stelle. Nächtens durfte er vor ihrem Bett schlafen, um auch sofort zur Stelle zu sein, wenn Adonis Probleme machte. Adonis hatte mit einem Mal zwei Väter. Prinz Cohiba als leiblichen Vater und Halawachl als Ziehvater.

Aber richtig zufrieden war Prinzessin Opinata nicht. Es fehlte ihr ein richtiger Mann, an dessen Brust sie sich anlehnen konnte und der größere Wünsche erfüllen konnte. Halawachl war dafür nicht geeignet. Sie fand ihn in der Person des edlen Datschi von Burg. Er machte Prinzessin Opinata den Hof und wurde von ihr erhört.

Er fuhr eine prächtige Karosse, die stark beeindruckte. In dieser Zeit waren die Besuche von Fürst Pecunia und Prinz Cohiba absolut unerwünscht und wurden unterbunden. Sie konzentrierte sich mit allem, was sie hatte, auf den edlen Datschi von Burg. Immer wenn er kam, musste Halawachl gehen, es sei denn Prinzessin Opinata hatte Wünsche, dann durfte er kommen, aber sollte möglichst schnell wieder gehen. Sie wollte und konnte sich dann ganz dem edlen Datschi von Burg hingeben. Hauptsächlich nächtens, denn tagsüber musste dieser sich um die Einnahmen kümmern. So war es dann immer ein flottes Kommen und Gehen. Der edle Datschi von Burg kam und Halawachl musste vorher gehen. Wenn der edle Datschi von Burg seine Pflichten mit Freuden erledigt hatte, durfte Halawachl wiederkommen.

Auch der edle Datschi von Burg erkannte sehr bald die dienenden Fähigkeiten von Halawachl. Als er mit Prinzessin Opinata eine Reise machte, wurde Halawachl beauftragt, die prächtige Reisekutsche zu packen. Der edle Datschi von Burg stellte sich daneben, vergrub die Hände in den Hosentaschen und betrachtete das emsige Treiben von Halawachl. Es gibt eben Herren und Knechte. Danach trippelte Prinzessin Opinata heran, gab Halawachl ein flüchtiges Küsschen auf die Backe. Dann entschwanden sie, der edle Datschi von Burg und Prinzessin Opinata mit Adonis.

Halawachl war ob des Küsschens so berührt, dass er sofort in das Schlösschen ging und die Kemenate aufräumte.

Es kam dann eine Zeit, in der der edle Datschi von Burg nicht mehr erschien, anscheinend hatte er erkannt, dass bei Prinzessin Opinata das Nehmen deutlich über dem Geben stand und für ihn das Vergnügen teuer war. In dieser Zeit der Trennung spürte Prinzessin Opinata immer wieder einen starken Drang nach Liebe. So erschien dann in einigen Nächten ein ganz besonderer Prinz in seidenen Gewändern. Er fuhr eine mit unzähligen Pferden bestückte schmucke Karosse. Mit ihm verbrachte sie vergnügliche Stunden. Sie brauchte anscheinend immer wieder tüchtige Prinzen. Halawachl und Fürst Pecunia waren anscheinend nicht gut genug.

Da erschien plötzlich der edle Datschi von Burg wieder vor dem Schlösschen und begehrte Einlass. Bei Prinzessin Opinata entflammte wieder die große Liebe, das ganz große Gefühl. Fortan ward der edle Datschi von Burg wieder täglich und meist nächtens zur Stelle. Prinzessin Opinata war von den Möglichkeiten und Fähigkeiten des edlen Datschi von Burg wieder entzückt und beglückt. Als beide vollkommen berauscht von Liebe unaufmerksam waren, geschah der Unfall. Prinzessin Opinata wurde wieder schwanger. Diese Tatsache ernüchterte den edlen Datschi von Burg so sehr, dass er fortan nicht mehr gesehen wurde. Dabei hatte sie sich so sehr gewünscht, mit ihm vor den Traualtar treten zu können, denn sie war nicht nur von seinen männlichen Fähigkeiten beeindruckt, sondern auch von seinen pekuniären.

In diesem Zustand der wachsenden Unfallfolgen bei Prinzessin Opinata zerstritt sie sich mit dem väterlichen Schlossherrn so sehr, dass sie ihm den täglichen Spaziergang mit dem kleinen weißen Schlosshündchen verbot. Der Streit eskalierte, als der Schlossherr seine Forderungen stellte, und zwar dieserart, dass sie endlich mal durch Arbeit ihren Unterhalt bestreiten sollte. Prinzessin Opinata reagierte mit allergrößter Empörung und verbot den beiden, Schlossherrn und Schlossherrin, den Umgang mit dem Enkel Adonis. Dies ließ sie sogar per amtlichen Dekret besiegeln. Daraufhin ordnete der Schlossherr trotz großer seelischer Schmerzen die Räumung der Kemenate an.

In dieser Zeit erschien auch Fürst Pecunia wieder öfters, kümmerte sich an Großeltern Statt sehr um Adonis, ging mit ihm in die Badeanstalt und zu öffentlichen Festen. Er nahm den Auftrag von Prinzessin Opinata sehr ordentlich und pflichtgetreu wahr, den kleinen Adonis von den Großeltern fernzuhalten. Halawachl war in dieser Zeit im Dauereinsatz.

Adonis morgens in die Kinderaufbewahrung bringen, nachmittags wieder abholen. Mittags aus der Edelschänke das Mittagessen bringen, abends den kleinen Adonis ins Bett bringen und auch für sonstige Tätigkeiten bereit sein. Prinzessin Opinata arbeitete nichts, sie lebte. Sie ließ sich von Halawachl, Fürst Pecunia und den Alimenten des Prinzen Cohiba aushalten. Zusätzlich hielt sie ihr Schürzchen ganz weit auf, damit kein Taler aus dem sozialen Sternenhimmel danebenfiel.

Prinzessin Opinata war eines Tages völlig fertig vom jahrelangen Nichtstun, deshalb lud sie der Fürst Pecunia zu einem Erholungsurlaub ein. In hochschwangerem Zustand musste sie Kräfte sammeln für den anstehenden Wechsel ihrer Bleibe. Der Auszugstermin nahte und sie hatte immer noch keine neue Kemenate gefunden, die ihren hohen Ansprüchen genügte und auch die Tatsache eines niedrigen Mietzinses erfüllte. Die Not war groß, also musste wieder Halawachl einspringen und Prinzessin Opinata in seiner etwas ältlichen Unterkunft aufnehmen. Er musste nun nicht mehr so oft seine weiße Kutsche benutzen, um seine Dienstpflichten zu erledigen, und er konnte nun seiner Domina sehr nahe sein. Den Auszug bewerkstelligten Fürst Pecunia und Halawachl mit einer großen gemieteten Pferdekutsche. Prinzessin Opinata beobachtete mit der schon stark angewachsenen Leibesfülle, ob alles genau nach ihren Wünschen geschah. Ihre Anweisungen hatten auf das Genaueste erfüllt zu werden.

Stille trat nun in das Schlösschen ein, weder Prinzessin Opinata noch Halawachl, noch Fürst Pecunia und auch der edle Datschi von Burg wurden nicht gesehen. Auch Prinz Cohiba musste sich neue Orte für seine Besuche bei Adonis suchen. Die neue Unterkunft bei Halawachl durfte er ebenfalls nicht betreten wie früher auch nicht die Kemenate im Schlösschen. Einige Zeit später hörte man im Dorf, dass Prinzessin Opinata wieder ein Knäblein geboren hatte. Halawachl durfte nun Vater zweier Knaben sein, ohne einmal die Zeugungslust genossenen zu haben. Der edle Datschi von Burg musste von nun an allmonatlich den Lebensunterhalt von Prinzessin Opinata mitfinanzieren ebenso wie Prinz Cohiba.

Nach einiger Zeit fand ein Friedensgipfel zwischen den Schlösschen-Besitzern und Prinzessin Opinata statt mit dem Ergebnis des Wiedereinzuges in ihre alte Kemenate. Die Großeltern durften mit den Enkelkindern verkehren und alles schien Friede, Freude, Eierkuchen zu sein. Das neugeborene blonde Knäblein entwickelte sich sofort zu einem Schreikind. Vielleicht deswegen, weil es erkannte, in welche Verhältnisse es hineingeboren wurde. Im Unterschied zu Adonis war es hellhäutig und blond und wurde deswegen Flavus genannt.

Doch der Friede im Schlösschen währte nicht lange und wieder herrschte Krieg zwischen den Parteien. Enkelentzug, böse Worte und nur noch schriftlicher Austausch via Advokaten. Prinz Cohiba wurde ebenfalls das Besuchsrecht an seinem Sohn entzogen. Fürst Pecunia kam nun wieder oft zu Besuch und konnte sich verstärkt Prinzessin Opinata widmen. Halawachl durfte mit den Kindern wegfahren und Fürst Pecunia hatte mit Prinzessin Opinata eine ungestörte Zeit.

Der Schlossherr und seine Frau waren nun mit den Nerven ganz fertig und ordneten die erneute Räumung der Kemenate an. Unberührt von dieser Tatsache arrangierte Fürst Pecunia einen längeren Erholungsurlaub auf einer sonnenumfluteten Insel im Mittelmeer. Halawachl musste natürlich mit, denn er musste Adonis und Flavus betreuen. Fürst Pecunia und Prinzessin Opinata genossen derweil alle Annehmlichkeiten, die der Süden zu bieten hatte. Sonne, Strand und mehr. Für alles andere war der Diener Halawachl, der diplomierte Depp, zuständig. Wieder zurückgekommen, überraschte Fürst Pecunia seine von ihm angebetete Prinzessin mit einer weißen Kutsche. Sie hatte nun auch nach außen ein Statussymbol. Sie brauchte diese Kutsche zwar nicht, denn Halawachl war nach wie vor für sie unterwegs.

Die angeordnete Räumung der Kemenate wurde von Prinzessin Opinata ignoriert.Den Schlossbesitzern blieb nichts anderes übrig, ihrem Töchterchen eine Räumungsklage zukommen zu lassen.

Sie ließ den von Fürst Pecunia ausgesuchten und bezahlten Winkeladvokaten allerlei Briefe und Forderungen schreiben. Da sich Prinzessin Opinata auch nicht bemühte ein neues Wohndomizil zu finden, blieb alles beim Alten. So lebte sie dann weiter in ihrer Kemenate im Schlösschen mit ihren beiden Kindern. Zwischen den Schlossherren und ihr wurde dann wieder so eine Art Friedensvertrag geschlossen. Die Enkel durften wieder Kontakt mit den Großeltern haben und Prinzessin Opinata durfte wohnen bleiben.

So lebte sie, ohne einer Arbeit nach zu gehen. Die ärarischen Zuschüsse, die Alimente und die Zuschüsse von Fürst Pecunia waren absolut ausreichend. Dazu noch die kostenlosen Tätigkeiten von Halawachl. Ein wahres Prinzessinnenleben.

Als Adonis in die Schule kam, waren die örtlichen Schulen nicht gut genug. Es musste eine Bildungsanstalt sein, die den Geltungsansprüchen der Prinzessin entsprachen. Adonis sollte nicht in der rauen, ach so harten öffentlichen Schulwelt aufwachsen. Es gab in einer nahen Stadt eine Schule der Behutsamkeit.

Die schulischen Entwicklungen gehen dort langsam voran und Adonis war es dann möglich in der zweiten Klasse schon seinen Namen zu tanzen. Diese Einrichtung war aber so weit weg, dass Halawachl täglich Fahrdienste für den Schulweg leisten musste. Die weiße Kutsche von Prinzessin Opinata blieb unberührt. Für solch niedrigen Chauffeur-Tätigkeiten war sie nicht geboren.

Dann widerfuhr der Prinzessin Schreckliches, das sie zutiefst erschütterte. Halawachel, ihr diplomierter Diener und Hausdepp, kündigte seine Dienste fristlos von einem Tag auf den anderen. Er hatte ein Ritterfräulein gefunden, von deren Liebe er vollständig eingefangen wurde. Sie gab ihm Liebe und nicht nur Aufträge. Er verließ Prinzessin Opinata von Stund an. Von diesem Zeitpunkt an musste sich Fürst Pecunia wieder verstärkt um Opinata kümmern, ganz besonders um ihre schwer verletzte Seele.

Der plötzliche Abgang von Halawachl riss sie tief in den Abgrund. So tief, dass sie wieder mit mitleidvollen Schriftstücken und vielen Anträgen um eine Mutter-und-Kind-Erholungszeit bettelte. Mit der ihr eigenen Penetranz und unterstützenden Briefen der Advokaten des Fürsten Pecunia erreichte sie ihr Ziel. Ihre Psyche war so stark angeschlagen, dass es acht Wochen dauerte, bis es ihr wieder möglich war, in ihre häusliche Kemenate zurückzukehren.

Dadurch war es für sie wieder nicht möglich sich nach einer Arbeit für ihren Lebensunterhalt zu bekümmern. Für diese bemitleidenswerten Fälle hat die Allgemeinheit große Körbe an Talern bereit, um Menschen mit solchen Schicksalsschlägen zu unterstützen. Prinzessin Opinata wusste genau, wie man sich an diesen Körben bedienen konnte. Unterstützung erhielt sie hier immer von dem in diesen Dingen sehr gewitzten Fürst Pecunia. Alleinerziehende Mutter von zwei Kindern und dazu noch psychisch schwer belastet, dies war in dem Staat in dem sie lebte, ein Freifahrschein für kostenlose Vergünstigungen. Keiner fragte, ob diese Situation nicht zum größten Teil selbstverschuldet war.

Not hatte sie mit ihren Kindern nicht zu leiden. Die soziale Gemeinschaft der Steuerzahler streute durch den Engel Hartz IV monatlich etliche Talerchen in das aufgehaltene Schürzchen. Zusätzlich wurden der Mietzins und die laufenden Kosten ebenfalls aus dem sozialen Füllhorn bedient. Die Alimente der Väter flossen regelmäßig. Fürst Pecunia stand ihr auch noch stützend zur Seite. All diese Einkünfte reichten aus, um verantwortungslos in den Tag hinein zu leben.

Wo Prinzessin Opinata auch auftauchte, führte sie das große Wort. Mit ihrer hohen etwas quakenden Stimme äußerte sie sich zu allen Themen, aber nicht ohne auf ihre Situation als alleinerziehende Mutter hinzuweisen. Dass sie an dieser Situation nicht ganz unschuldig war, ignorierte sie. Sie war die Leidende aber auch die, die immer wieder Ansprüche geltend machte. Sie benutzte ihr gesamtes Umfeld und alle ärarischen Möglichkeiten.

Nun da Halawachl nicht mehr für sie tätig war, musste nun Fürst Pecunia vermehrt einspringen. Er kam immer, wenn Opinata ihn rief und das war mehrmals in der Woche. Er übernahm jetzt die Betreuung von Adonis und Flavus. Er musste die Beiden in und vor dem Haus bespaßen. Er musste sie ins Bett bringen, wie Halawachl ehedem. Wenn die Kinder schliefen, hatte Fürst Pecunia ungestört Zeit für Prinzessin Opinata. Bei seinem Aussehen und seinem Auftreten hätte er in der großen Stadt keine großen Chancen gehabt, eine Prinzessin zu ergattern. Die Dorfprinzessin Opinata machte es ihm leicht. Eine Ausstrahlung von Fürst Pecunia war für sie überwältigend, die Ausstrahlung hieß Geld. Danach war Opinata süchtig, sie bekam, was sie wollte, und er bekam auch etwas.

Nun kam es, dass der Schlossherr es nicht mehr leiden wollte, dass die Spielgeräte, es waren nicht wenige, von Adonis und Flavus überall in seinem Garten und auf seiner Terrasse herumlagen. Es war selbstverständlich unter der Würde von Prinzessin Opinata täglich diese Gerätschaften aufzuräumen.

So kam es ‚wie es kommen musste, der Schlossherr ordnete an, dass sofort alle Gegenstände aus seinen Liegenschaften entfernt werden. Das brachte das Blut von Fürst Pecunia in Wallung, so sehr, dass er den Schlossherrn körperlich anging. Es ging so weit, dass die Ordnungsgewalt eingreifen musste.

Zum allergrößten Leidwesen von Prinzessin Opinata und Fürst Pecunia wurde dem Schlossherrn Recht gegeben und angeordnet, alle Spielwaren von dem Terrain des Schlossbesitzers zu entfernen. Die Prinzessin Opinata erlitt dadurch wieder einen schweren seelischen Schock und musste sich in ihrer Kemenate niederlegen. Dem Fürsten Pecunia oblag es nun, einen Platz zu finden. Es bediente sich am öffentlichen Gelände. Die Ruhebank, die für die Anwohner reserviert war, wurde von ihm kurzerhand okkupiert, um die Vielzahl von Spielgeräten dort abzulagern. Zu fragen, ob das den Anwohnern recht ist, kam ihm nicht in den Sinn.

Seine Verehrung und Liebe zur Prinzessin war anscheinend so groß, dass er nun fast täglich Adonis und Flavus betreute. Es war für die Dorfbewohner sehr köstlich anzusehen, wie Fürst Pecunia nun immer mehr zum adeligen Hausdiener mutierte. Er betreute mit großer Sorgfalt die Kinder anderer Väter und strahlte mittlerweile die gleiche Unterwürfigkeit aus, die Halawachl jahrelang umgab. Er hatte fast schon einen Heiligenschein der Gutmütigkeit.

Mit sanfter Stimme, belehrend gütig und absolut ausdauernd, so führte er seinen Betreuungsdienst an den Söhnen der Prinzessin aus. Der Betrachter dieser Szenerie konnte nur mitleidvoll lächeln, wie sich ein alter Mann so erniedrigen konnte. Das süße Gift der Prinzessin wirkte langsam aber sehr zuverlässig und Fürst Pecunia mutierte immer mehr zum Halawachl. Er war für sie da und übernahm Aufgaben, die sie nicht machen wollte oder die unter ihrer Würde waren.

Prinz Cohiba, der leibliche Vater von Adonis, musste wieder in kurzen Abständen erscheinen, denn Adonis wurde immer aufmüpfiger, wahrscheinlich eine Folge von wechselnden erziehungsbeauftragten Männern. Wenn Prinz Cohiba seine Vaterpflichten an Adonis erfüllte, wurde ihm auch die Obhut von Flavus anvertraut, ob er wollte oder nicht. Prinzessin Opinata zog sich in ihre Kemenate zurück und schonte sich.

Fürst Pecunia fiel es immer schwerer, den Weg aus der großen Stadt zur Prinzessin zu machen. Es war die Vielzahl von Aufgaben, zu denen er fast täglich anreisen und wieder abreisen musste. Übernachtungen in der Kemenate von Opinata blieben ihm verwehrt. Der Fürst fasste einen mutigen Entschluss und mietete im Dorf eine großzügige Bleibe mit einer Remise. Dort konnten dann alle Gerätschaften von

Adonis und Flavus sicher aufbewahrt werden. Zudem konnte Pecunia fortan schnell zur Auftragserledigung erscheinen. Jedermann im Dorf dachte an ein Zusammenziehen von Fürst Pecunia und Prinzessin Opinata, weit gefehlt. Berechnend wie die Prinzessin war, wären ihr einige kostenlose Zuwendungen aus den ärarischen Versorgungskassen nicht mehr gewährt worden. Also blieb sie im Schlösschen und ärgerte weiter die Schlossbesitzer. Fürst Pecunia hatte morgens das Schlosshündchen auszuführen und Adonis in die weiter entfernte Bildungsanstalt zu fahren. Auch Flavus wartete, dass Pecunia, alias Halawachl, ihn zur Betreuungsanstalt chauffierte.

So lebt Opinata nun tagein tagaus und hat für alles ihre Helfer. Überall quakt sie wichtig auf und erzählt anderen Menschen tolle Dinge die sie machen werde. Eine Fassade von Wunschdenken, hinter der doch eine traurige Wahrheit steckt. Ihr Leben ist das Leben einer Mistel, die sich schmarotzerhaft ihrer Wirte bedient. Doch irgendwann wird sie die Wirklichkeit einholen, wenn die Wirtspflanzen nichts mehr abgeben können oder wollen. Auch wenn sie es jetzt auch noch nicht glauben will, die Realität wird plötzlich da sein und das Erschrecken wird groß sein.
Doch Prinzessin Opinata wird die Schuld wieder bei allen anderen suchen, nur nicht bei sich selbst.

Glockenschläge

Eine schillernde Begegnung

Ziehet, ziehet, hebt!
Sie bewegt sich, schwebt.
Freude dieser Stadt bedeute,
Friede sei ihr erst Geläute

Frieden ist mehr als nur ein Wort, es ist eine Sehnsucht. Frieden zu erleben ist einer der besten Zustände, die man als Mensch erleben kann. Freude und Dankbarkeit erfüllt mich, ich kann auf einer Insel des Friedens leben. In eine Zeit tiefer Dunkelheit und Kriegswirren wurde ich hineingeboren und durfte einen Aufstieg in den Wohlstand erleben. Der harmonische Klang von Glocken erzeugt in mir ein besonderes Gefühl, ein Gefühl der Geborgenheit, ein zufriedenes Glücksgefühl. Denn die Glocken läuten nicht Sturm.

In einem friedlichen Bereich auf dieser Erde leben zu können ist ein Gewinn, es ist ein Segen. Deswegen kann ich in Deutschland nicht immer nachvollziehen, dass einige permanent nach Freiheit und Recht schreien, beziehungsweise auf die Straße gehen.

Also ist diese Insel des Friedens doch nicht so friedlich? Nein, es gibt Menschen, die nicht zufrieden sind und die nicht friedlich sind.

Nach welchem Mehr an Freiheit verlangen sie? Wieviel bessere Freiheit gibt es?

Wieviel besseren Frieden gibt es?

Es ist alles verbesserungswürdig, die beste Freiheit, das beste Recht, den besten Frieden gibt es nicht. Wichtig ist, dass die Verbesserungen permanent gemacht werden, denn wenn wir aufhören uns zu verbessern, verlieren wir. Wir verlieren Lebensqualität mit all ihren Facetten und wir reduzieren unsere Überlebenschancen. Das Wie ist jedoch wichtig: wie verbessern wir uns? Bestimmt nicht durch Revolutionen Einzelner oder bestimmter Gruppierungen. Es gilt, Verbesserungen müssen gemeinsam gemacht werden, der Dialog muss gleichwertig geführt werden, nicht von oben nach unten, sondern waagrecht auf einer Ebene mit gegenseitiger Akzeptanz und Respekt.

> Denn wo das Strenge mit dem Zarten
> Wo Starkes sich und Mildes paarten,
> Da gibt es einen guten Klang.

Das Gemeinsame, die Zusammenarbeit, das bringt den guten Klang. Die Obrigkeit muss mit den Menschen kommunizieren.

Die Legislative darf sich nicht vom Bürger entfernen. Das Vermitteln von politischen und sozialen Entscheidungen ist das Wichtigste, der Bürger muss es verstehen. Ist das nicht der Fall, verursacht es Spannungen und Unzufriedenheit, der ruhige Bürger greift zur Wehr. Wenn Freiheit und Gleichheit nur als einseitiges Recht wahrgenommen werden, so kommt es zwingend zu Spannungen und Auseinandersetzungen, denn die eigene Freiheit hört dort auf, wo die Freiheit des Anderen beginnt. Wie definiert sich nun diese Grenze? Nur durch Vernunft und Toleranz. Diesem Anspruch nach Vernunft und Toleranz können leider nicht alle, aufgrund ihrer Fähigkeiten oder ihrer Uneinsichtigkeiten, gerecht werden. Nur wenn die Bedeutung von Vernunft und Toleranz begriffen wird, kann es den gemeinsamen guten Klang geben. Bestimmte Minderheiten oder machthungrige Egomanen wollen diese Grenzen nicht anerkennen und wollen sich über andere erheben. Sie nehmen jede Gelegenheit wahr, mehr Rechte und Freiheit für sich zu haben und weniger für die Anderen.

Die viele Freiheit und die viele Freizeit in unserem „wohlstandlichen" Deutschland lassen Dinge zu und sie lassen Dinge gedeihen. Leider sind das nicht immer Dinge, die für die Gesellschaft nützlich und dienlich sind. Aber für einige Minderheiten muss es ja nicht immer vernünftig sein im Sinne der Allgemeinheit, wichtig ist, dass das eigene Ego befriedigt wird. Dafür geht man dann auf die Straße.

Freiheit und Gleichheit! hört man schallen,
Der ruhge Bürger greift zur Wehr,
Die Straßen füllen sich, die Hallen,
Und Würgerbanden ziehn umher;

Wir können für etwas demonstrieren und wir können gegen etwas demonstrieren, wir haben ein verbrieftes Recht zu demonstrieren. Es gibt die unterschiedlichsten Gruppierungen, die für ihre Interessen öffentlich demonstrieren. Ist jedes Thema denn so brisant, dass Menschen auf die Straße gehen müssen? Für einige wenige ja, Minderheiten, die sich wichtigmachen. Es ist so eine Art Mode geworden zu demonstrieren und seine Meinung öffentlich darzustellen. In der Masse sich öffentlich zu zeigen, um dann sagen zu können: ich war dabei. Gegen oder für Wichtiges. Aus der Sicht des allgemeinen Interesses: demonstrieren ist notwendig und richtig. Aber heute demonstriert man schon um des Demonstrierens willen. Es sind oftmals wild wuchernde Wohlstandsblüten, für die auf die Straße gegangen wird.

Wenn es nur friedliche Demonstrationen und Kundgebungen wären, könnten alle gut damit leben. Doch es kommt immer mehr zu Gewaltexzessen. Gewaltbereites Publikum schließt sich an und lässt so manche Demonstration, die aus vernünftigem

Grund beantragt und genehmigt wurde, aus dem Ruder laufen.

„Gehen wir Tauben vergiften im Park" ist ein Chanson von Georg Kreisler mit tiefschwarzem Humor. Auf heute umgemünzt heißt das; „Gehen wir Steine werfen auf eine Demo".

Das Demonstrationsrecht ebenso wie die freie Meinungsäußerung sind Grundfeste der Demokratie, an die nicht gerüttelt werden darf. Wir sehen aber heute Missbrauch der Meinungsfreiheit in den öffentlichen Medien, den sozialen Netzwerken und bei Demonstrationen. Ebenso sehen wir die Gewalt. Das Recht auf freiheitliche Meinungsäußerung und Demonstration ist unabdingbar, aber nur im Rahmen der Gesetze. Der Bürger muss die Möglichkeit haben, seinem Willen Ausdruck zu verleihen und zwar öffentlich. Für Ziele, zum Beispiel um Missstände aufzudecken, und nicht nur um Hass, Ablehnung und persönliches Wichtigmachen zu zeigen. Nur muss es immer gleich eine Demonstration sein? Nicht unbedingt, denn man könnte auch vernünftige Lösungswege suchen, mit Diskussionen, öffentlichen Aussprachen oder persönlichen Gesprächen. Deswegen die waagrechte Ebene. Wenn die Spannungen nicht im Vorfeld abgebaut wurden oder wenn in den Medien das Thema aufgeheizt wird, dann ist zu erwarten, dass sich Feuerzunder bildet.

Weh, wenn sich in dem Schoß der Städte
Der Feuerzunder still gehäuft,
Das Volk, zerreißend seine Kette,
Zur Eigenhilfe, schrecklich greift!

Wenn die Eigenhilfe die Gewalt ist, dann wurde vorher etwas versäumt. Oder steht der Eigennutz und für manche das chaotische Vergnügen im Vordergrund. Was sind das für Menschen, die in der Deckung einer Demonstration Gewalttaten vollbringen, Taten, die mit der Demonstration nichts zu tun haben. Gewalt bei einer Demo ist für einen bestimmten Geisteskreis etwas Ähnliches wie Partymachen.

Gefährlich ists, den Leu zu wecken,
Verderblich ist des Tigers Zahn,
Jedoch der schrecklichste der Schrecken,
Das ist der Mensch in seinem Wahn.

Ein aufgeheizter Mob ist eine unkontrollierbare Masse, mit Vernunft ist nichts mehr zu erreichen. Es wird nur noch emotional agiert und reagiert. Die Hintermänner, die die Brände legen und Unruhe stiften, erfreuen sich wieder der Anonymität.

Wenn dann die Exekutive eingreift, dann wird ihr von diesen Chaoten Unrechtmäßigkeit und übertriebenes Handeln vorgeworfen. Werden die Täter, die gegen das Recht verstoßen haben, vor Gericht gestellt, dann plädieren sie auf gerechte und gesetzeskonforme Behandlung. Erst das Recht brechen, aber

dann die Milde und den Schutzschirm des Rechts-
staates einfordern. Der Sachverhalt wird dann so
dargestellt, als ob die Ordnungshüter die Schuldigen
an den Ausschreitungen wären. Es heißt dann, die
Polizisten hätten nicht deeskalierend gewirkt. Wie
kann ich das von einem Polizisten verlangen, der einem wild agierenden Mob gegenübersteht. Die Polizei soll sich tätliche Angriffe gefallen lassen und
müssen die Täter liebevoll auffordern sich zu entfernen.

> Nichts Heiliges ist mehr, es lösen
> Sich aller Bande frommer Scheu,
> Der Gute räumt den Platz dem Bösen,
> Und alle Laster walten frei.

Wenn das Erscheinen der Polizei bei Straftaten als
Provokation betrachtet wird, dann gute Nacht Rechtstaat, dann gute Nacht Deutschland. Hier hat die Politik einen gewaltigen Nachholbedarf an Gradlinigkeit, an Durchsetzungsvermögen und an gesundem
Menschenverstand(der auch seine Daseinsberechti-
gung hat, neben dem niedergeschriebenen Recht).
Das Recht und die Ordnung müssen durchgesetzt
werden. Es kann doch nicht sein, bei offensichtlicher
Gewalt gegen die Exekutive, dass diese dann ihr Eingreifen rechtfertigen muss. Mit angebrachten Kameras muss dann Schuld und Unschuld bewiesen werden. Muss der Polizist erst warten, bis er beleidigt,
getreten und mit Steinen beworfen wird, um seinen

gesetzlichen Auftrag zu erfüllen, Ruhe und Ordnung wiederherzustellen?

Natürlich sind Polizisten nicht fehlerfrei und in angespannten Situationen ist jeder Mensch auch manchmal überfordert. Es bedarf einer großen Nervenstärke, als Minderheit einem wütenden und wahntrunkenen Mob gegenüberzustehen. Der Auftrag der Exekutive ist es, dem Gesetz Geltung zu verschaffen. Es ist auch ihr Auftrag, bei Widerständen entsprechende Maßnahmen, die auch gesetzlich geregelt sind, anzuwenden. Wie soll einem gesetzestreuen Bürger vermittelt werden, dass die Exekutive nicht mehr bei der Durchsetzung von Recht und Ordnung unterstützt wird. Wer ist Täter, wer ist Opfer?

Wenn Täter sich selbst zu Märtyrern stilisieren, unterstützt von den Medien, und dann auch noch Verständnis für ihre Straftaten bekommen, dann ist etwas mit dem Rechtstaat nicht mehr in Ordnung. Deshalb müssen die Regierenden hinter ihrer Exekutive stehen. Auch die Justiz sollte hier mit klaren und unmissverständlichen Urteilen ihren Beitrag leisten und nicht versuchen, auch noch Täterversteher zu sein.

Weh denen, die dem Ewigblinden
Des Lichtes Himmelsfackel leihn!
Sie strahlt ihm nicht, sie kann nur zünden
Und äschert Städt und Länder ein.

Wehe denen, die den Blinden Sitz und Stimme geben.

Wehe denen, die den Blinden auf das Schild heben.

Wehe denen, die sich dann im Licht der fehlgeleiteten Himmelsfackel sonnen.

Wie viel Blinde haben schon des Lichtes Himmelsfackel getragen. Zuviele,

Wie viele Länder und Städte sind eingeäschert worden. Zuviele.

Wieviel Blinde tragen heute des Lichtes Himmelsfackel. Zuviele.

Wie viele Länder und Städte werden heute noch eingeäschert. Zuviele.

Es ist der Machtrieb, der sowohl den Sehenden wie auch den Blinden nach der Himmelsfackel greifen lässt. Bei Sehenden wird das Licht zum Segen, beim Blinden wird das Licht zum Verderben.

Weit ist der Weg vom Menschen zu dem Menschen, der wir gerne sein wollen.

Warum protestieren Menschen bei uns gegen ihren Staat, der ihnen Wohlstand und größtmögliche Freiheit bietet. Wir haben in Deutschland im Vergleich zu fast allen Staaten unserer Welt beste Verhältnisse. Der Wohlstand ist nicht nur Einkommen, es müssen auch die Umstände wie Kranken- und Rentenversicherungen, Sicherheit und sonstige sozialen Leistungen betrachtet werden. Vergleicht man all diese Parameter mit allen anderen Staaten, so muss man feststellen, dass das Leben in Deutschland hervorragend ist. Warum dann Steine werfen, Randalieren und Angriffe auf die Ordnungshüter? Gehört das auch zu den sogenannten Bürgerrechten? Ist das die Freiheit, für die demonstriert wird?

Wehe, wenn sie losgelassen,
Wachsend ohne Widerstand
Durch die volkbelebten Gassen
Wälzt den ungeheuren Brand!

Diese Unzufriedenheit mit dem Staat rührt sehr wahrscheinlich von einer eigenen Unzufriedenheit her. Diese Menschen wollen mehr sein, als sie selbst geworden sind. Wenn sie sich gescheiter fühlen als andere und Dinge besser wissen und können, dann stehen ihnen alle Wege offen, in den entsprechenden Gremien den demokratischen Weg zu gehen. Sie können dann als Verbesserer und Veränderer mitwirken und Einfluss nehmen. Das ist der Weg zum Ziel, nicht das Demonstrieren und selbst keine aktive Arbeit leisten. Aber auf die Straße gehen und protestieren ist einfacher.

Diese populistischen Aktivisten tragen selten etwas zur Lösung bei, es bleibt beim Aufschrei und bei Botschaften. Die sozialen und öffentlichen Medien sind eine hervorragende Plattform, um allerlei Wohlstandsblüten zum Blühen zu bringen. Es kommt dann zu einem Brennpunkt, wenn irgendwelche

Ideen und Vorstellungen durch die Medien aufgeheizt werden. Ich, ganz persönlich, habe den Eindruck, dass diese Aktivisten, egal zu welchem Thema, nichts zu praktischen Lösungen beitragen wollen oder vielleicht auch nicht können und deswegen selbst zu einem Teil des Problems werden. Denn Arbeit und Verantwortung scheuen die Aktivisten wie der Teufel das Weihwasser, Unordnung ist ihr Gefilde.

> Heilge Ordnung, segensreiche
> Himmelstochter, die das Gleiche
> Frei und leicht und freudig bindet,
> Die der Städte Bau gegründet,
> Die herein von den Gefilden
> Rief den ungesellgen Wilden,

Bilder der Unordnung bleiben im Kopf haften, Gewalt setzt sich in den Köpfen fest, ein friedlicher Demonstrant wird von den Medien nicht mehr wahrgenommen und anscheinend von manch staatlichen Stellen auch nicht mehr. Den friedlichen Protest ebenso wahrnehmen und ihm die mediale Plattform, genauso wie den Sensationen, zu geben, das wäre eine durchaus ehrbare Aufgabe des Journalismus. Werte und Positives aufzeigen bringt Menschen auf bessere Wege.

Aber die Menschen sind überflutet von Reizen, nur noch stark Erregendes wird wahrgenommen, das Normale erzeugt keine Reaktion mehr. Wertegesellschaft was ist das? Diese Frage an die „Gewaltler" gestellt, ergibt sicher keine Antwort. Es zeigt sich immer wieder, dass diese Menschen nicht zu einem vernünftigen Diskurs bereit sind, vielleicht auch geistig dazu nicht fähig sind. Es sind die Drahtzieher, die hinter diesen „Projekten" stecken und sich bereichern. Sie benutzen die Dummheit der Masse für sich. Falschmeldungen, getürkte Bilder und bewusste Fehlinformationen machen es schwer, etwas einzuordnen, und für den Rechtsstaat schwer hier zuzufassen. Viele Bürger sind erschrocken über die öffentliche Gewalt und verlieren den Glauben an eine friedliche Demokratie.

Noch überdeckt unser Wohlstand so manches Abdriften doch: Wehret allen Anfängen.

So lasst uns denn mit Fleiß betrachten,
Was durch die schwache Kraft entspringt:
Den schlechten Mann muß man verachten,
Der nie bedacht, was er vollbringt.
Das ists ja, was den Menschen zieret,
Und dazu ward ihm der Verstand,
Daß er im innern Herzen spüret,
Was er erschafft mit seiner Hand.

Dieses Spüren im Inneren ist zugunsten von spektakulären Erfolgen geopfert worden. Die Versuchung, Aufmerksamkeit zu erreichen, lässt viele ihr Tun nicht mehr objektiv durch den Verstand prüfen. Dem momentanen Erfolg, dem schnellen Ruhm wird die Nachhaltigkeit geopfert. Ob die Handlung aus gut überlegtem Sinn entsteht oder aus schlechter, berechnender Gesinnung, wichtig ist heute nur der Erfolg. Es wird nicht an die Folgen gedacht. Hier ist das Rampenlicht, jetzt sonne ich mich im Glanz der Medien. Vielleicht ist es mit unserem Verstand doch nicht so weit her, dass er uns zu etwas Besonderem macht. Wir begeben uns wieder auf den Stand, den wir glauben überwunden zu haben.

In der Natur sind wir nur eine schwache Kraft, suggerieren uns aber immer wieder, dass wir die Erde beherrschen. Das Naturgesetz „Stark frisst Schwach" bricht sich immer wieder Bahn. Durchsetzen ist das Gebot der Stunde. Der satte Wohlstand trübt den Blick und lässt uns überheblich werden. Satte Zufriedenheit ist die Aura, die uns umgibt, und der Glaube, dass es immer so sein müsse. Das Leben ist eine einzige Party, Feiern ein „Grundrecht" und wehe dem der daran rührt.

> Und der Vater mit frohem Blick
> Von des Hauses weitschauendem Giebel
> Überzählet sein blühend Glück,
> Siehet der Pfosten ragende Bäume
> Und der Scheunen gefüllte Räume
> Und die Speicher, vom Segen gebogen,
> Und des Kornes bewegte Wogen,

In diesem blühenden Glück, in der wohlfühligen Zufriedenheit macht sich Dekadenz breit. Ein Blick zurück in die Geschichte zeigt, dass der Wohlstand mit einhergehender Dekadenz es bisher immer geschafft hat, ganze Imperien zu vernichten. Wenn der Weg der Gradlinigkeit verlassen wird und permanente Abweichungen und Ausnahmen den Rahmen aufweichen, dann beginnt die Dekadenz ihr Werk.

Wenn Politik sich darin erschöpft, permanent schreiende und demonstrierende Minderheiten zu befriedigen, wenn die Medien, ob Zeitung, TV oder social media, es erlauben, dass anonyme Behauptungen und anonyme Beschimpfungen verbreitet werden, dass Falschmeldungen bewusst gestreut werden, dann ist der ehrliche Bürger der Verlierer. Wenn mehr verkaufte Zeitungen, wenn die Anzahl von Nutzern, wenn die Zuschauerquoten die Hauptziele sind, dann ist der Weg schon sehr abschüssig, auf dem wir uns bewegen.

Rühmt sich mit stolzem Mund:
Fest wie der Erde Grund,
Gegen des Unglücks Macht
Steht mir des Hauses Pracht!
Doch mit des Geschickes Mächten
Ist kein ewger Bund zu flechten,
Und das Unglück schreitet schnell.

Gegen des Unglücks Macht steht mir des Hauses Pracht. Ein Irrglaube, dem man nur zu gern folgt.

Der Mensch, gerade wenn er im Wohlstand lebt, glaubt auf einer sicheren Seite zu sein. Er wird bequem, er wird unaufmerksam gegenüber Strömungen und ignoriert so manches Warnzeichen. Der Weg des geringsten Widerstandes wird gewählt, weil er leicht und einfach ist. Aber dieser Weg führt immer nach unten.

Eine weitere irrige Vorstellung ist es, dass wir das Wissen und das Können haben, uns vor allem zu schützen. Wir glauben einiges zu beherrschen, aber Naturkatastrophen und Pandemien zeigen uns immer wieder, wo wir auf dieser Erde und wo wir in diesem Kosmos stehen. Erleben, was uns stark gemacht hat, gemeinsam Ziele anstreben und erreichen. Ziele, die uns weiter auf dem Weg zu einer humanen und lebenswerten Welt bringen. Mit egoistischen Lebensweisen und Lebenseinstellungen kommen wir nicht weiter. Wir dürfen nicht jedem abwegigen Ziel von Minderheiten zu viel Platz und Raum gewähren. Sei es Rassismus, sei es Machtgehabe, sei es religiöser Wahn, sei es egoistisches Gedankengut. Stillschweigende Duldung ist der Anfang allen Übels.

Tausend fleißge Hände regen,
Helfend sich in munterm Bund,
Und mit feurigem Bewegen
Werden alle Kräfte kund.
Meister rührt sich und Geselle

In der Freiheit heilgem Schutz,
Jeder freut sich seiner Stelle,
Bietet dem Verächter Trutz.

Ja das ist es, die Mitarbeit, die Gemeinschaft, die sich gegenseitig hilft und stützt. Leider vermisse ich die mediale Aufforderung zu gemeinsamen Verbesserungen. Es wird zu viel angeprangert und zu wenig über Lösungen gesprochen.

Ist ein aufrechtes Miteinander ein zu frommer Wunsch? Friedrich Schiller hatte diesen Wunsch. Seine Vision von einer aufrichtigen Zusammenarbeit aller ist etwas das mich ebenfalls ständig bewegt. Eine friedliche Welt, in der Gemeinsamkeit an erster Stelle steht. Ob diese Vorstellung je einmal wahr werden könnte? Eigentlich sollten wir aus der Geschichte gelernt haben, dass nur Zusammenarbeiter weiterkommen.

Schaue ich mich um auf dieser Welt, überall zähnefletschende wilde Rudel, die machtgierig versuchen, ihren Einfluss zu vergrößern. Die Wahl der Mittel ist bei diesen Gruppierungen nur dem Ziel „Macht" untergeordnet. Es sind nicht nur die kriegerischen und mörderischen Auseinandersetzungen, es sind auch die Beeinflussungen, die Falschmeldungen, der Betrug, die Schaden anrichten. Es sind auch die Wirtschafts- und Verteilungskämpfe. In der heutigen Welt muss man dem Gegner nicht immer den Schädel einschlagen. Es gibt genügend und immer mehr mediale und digitale Methoden, um den Widerpart auszuschalten.

200 Jahre nach Schiller hat sich nichts geändert. Ich glaube auch nicht, dass sich in Bälde etwas ändern wird. Noch ist das Lebewesen Mensch so von Naturinstinkten geprägt und sind seine Überlebensstrategien egoistisch ausgerichtet. Ob es jemals anders wird? Dazu ist unser heutiger Verstand nicht in der Lage, dies zu beantworten.

Da wäre noch ein Zitat zu betrachten, das ich aber aus sicher nachvollziehbaren Gründen vorsichtig interpretieren möchte.

Da werden Weiber zu Hyänen
Und treiben mit Entsetzen Scherz,
Noch zuckend, mit des Panthers Zähnen,
Zerreißen sie des Feindes Herz.

Was meinte Friedrich Schiller wohl, als er diese Zeilen schrieb und warum hat er sie geschrieben? Der Frauenversteher Goethe hätte sicher nicht in diese Richtung gedacht. Die Rolle der Frau war in dieser Zeit eigentlich unbedeutend, was die Außendarstellung betrifft. Hat Schiller gespürt, wieviel Kraft und Leidenschaft in den Frauen steckt. Würden diese Zeilen heute geschrieben werden, eine moderne Penthesilea würde sich mit einem Heer von Amazonen auf den Schreiber stürzen und das zuckende Herz mit des Panthers Zähnen zerreißen.

Es ist heute sehr schwierig, seine Ansichten zu äußern, und schnell kommst du in die Fänge des Panthers. Es nicht unbedingt bedeutend, was du sagst, es ist bedeutend, wie es von wem wie aufgenommen wird.

Auf eine andere Weise ist dieses Zitat von Friedrich Schiller heute aktuell wie nie, man muss nur das Wort Weiber durch das Wort Medien ersetzen.

„Da werden Medien zu Hyänen".

Wenn sich jemand traut, gegen den „mainstream" zu schwimmen, dann wird er von den Medien zerrissen. Besonders in den sozialen Medien wird die Gülle fassweise über ihn ausgeschüttet. Heute muss keiner mehr enthauptet werden, es reicht, in die Fänge und zwischen die Zähne der Medien zu kommen. Die Medien regieren die Welt. Früher hieß es, wer die Zeitung hat, der hat die Macht. Radio und TV sind dann dazu gekommen. Aber die wirkliche Macht im 21. Jahrhundert sind die sozialen Medien. Auf diesen Plattformen kann sich jeder austoben, mit Namen oder auch anonym. Meist jedoch unter dem Mäntelchen der Anonymität, denn so geschützt lässt sich trefflich agieren. Das Foul ist gesellschaftsfähig geworden. Der Art und Weise zu hetzen sind keine Grenzen gesetzt und auch nicht dem Stil und dem Anstand. Die Wirkung auf die Massen ist schon demagogisch. Aus einem kleinen Wind wird ein gewaltiger „shitstorm".

Angeheizt durch die Tatsache, dass jeder sich äußern darf, ob er nun themenfest ist oder nicht. Ob er nun intelligent ist oder geistig weniger gesegnet. Hauptsache mitgeplärrt, Hauptsache noch mehr draufgehauen. Wenn sich schon Präsidenten und Staatsoberhäupter dieser Einrichtungen bedienen, so erklärt sich deren Bedeutung.

Und drinnen waltet
Die züchtige Hausfrau
Die Mutter der Kinder,
Und herrschet weise
Im häuslichen Kreise,
Und lehret die Mädchen
Und wehret den Knaben,

Der Mann muß hinaus
Ins feindliche Leben,
Muß wirken und streben
Und pflanzen und schaffen,
Erlisten, erraffen,
Muß wetten und wagen,
Das Glück zu erjagen.

Eine Betrachtung aus einer Zeit, in der es eine klare Rollenverteilung gab. Die Gleichberechtigung von Mann und Frau war noch nicht einmal in der Fantasie vorhanden.

In den letzten 60 Jahren hat sich ein Wandel vollzogen. Auch Frauen gehen hinaus ins feindliche Leben und wetten und wagen, das Glück zu erjagen. Es ist normal geworden, dass der Mann auch als züchtiger Hausmann agiert und die Erziehung der Kinder übernimmt.

Was Schiller wohl zu dieser Konstellation einer Familie gesagt hätte. Was Schiller wohl zu einer Frauenquote, wie sie heute immer gefordert wird, gesagt hätte. Jahrhunderte alte Traditionen brechen, das Verhältnis zwischen Mann und Frau hat sich verändert. Die Geburtshelfer der Frauenbewegung haben diesen Wandel in Gang gebracht. Die Gleichberechtigung von Mann und Frau ist eine Errungenschaft, die die Menschheit weiterbringt. Jeder Mensch, ob männlich oder weiblich, hat spezifische Fähigkeiten, die er in die Gesellschaft einbringen kann. Leider hat sich dieses Verständnis noch nicht weltweit verbreitet. Einige Gesellschaftsordnungen und auch einige Religionen sind nicht in der Lage, ihre Ansichten diesbezüglich zu ändern und die Frau als gleichberechtigte Person zu akzeptieren.

Jedenfalls wird die westliche Welt weiblicher und ist vielleicht auf dem Weg zum Matriarchat. Ein Weg zu einer friedlicheren Welt? Aber nur dann, wenn nicht streitbare Amazonen die Herrschaft übernehmen, sonst würde der Vierzeiler „Da werden Weiber zu Hyänen" in allen Facetten erblühen.

Ob Mann oder Frau, wichtig ist, die Menschheit in ein ruhiges Fahrwasser zu bringen und friedvoll miteinander zu leben. Das wird sicher noch Generationen dauern, denn der Mensch ist noch zu stark in seinen Naturinstinkten und in sein Rudelverhalten eingebunden und jedes Rudel sucht sich seinen Führer. Das Wissen um Besseres haben wir, doch können wir es noch nicht umsetzen. Die Natur in uns spricht dagegen. Es muss ein unabdingbares Ziel sein, Frieden und Freiheit den Menschen zu bringen und sie zu überzeugen, dass dies der Schlüssel ist, um immer wieder Verbesserungen für die gemeinsame Zukunft zu schaffen.

Holder Friede,
Süße Eintracht,
Weilet, weilet
Freundlich über dieser Stadt!
Möge nie der Tag erscheinen,
Wo des rauhen Krieges Horden
Dieses stille Tal durchtoben,

Es ist ein Segen, ein glückliches Zeitgeschehen, für mich und viele andere, diese Zeit erleben zu dürfen.

Möge diese friedliche Zeit auch den nachfolgenden Generationen erhalten bleiben.

Mögen viele Menschen begreifen, dass dies ein unfassbares Glück ist.

Möge auf dem festen Boden Ordnung ein freiheitliches Leben gedeihen.

Friede sei ihr erst Geläute.

Die Zitate stammen aus dem Gedicht „Die Glocke"
von Friedrich Schiller, der es 1799 geschrieben hat. In
einer Zeit, in der an den Grundfesten des Absolutis-
mus revolutionär gerüttelt wurde. Trotz der nachfolgenden Zeit der Aufklärung hat sich der Absolutis-
mus bis heute gehalten. In einigen Staaten und einigen Religionen ist er immer noch präsent, entweder
in reiner Form oder in anderen Fällen eingehüllt in
ein demokratisches Mäntelchen. Die Frage stellt sich
nicht, welche Hierarchie die Beste ist.
Die Frage ist, wie überlebt der Mensch am besten.

Nachwort

Darf es auch etwas mehr sein?

Mehr Knoten im Gehirn
Mehr schräge Ansichten
Mehr Herdentrieb

Darf es von diesem auch etwas mehr sein?

Mehr Geradlinigkeit
Mehr soziales Miteinander
Mehr Bildung

Zeitfracht Medien GmbH
Ferdinand-Jühlke-Straße 7
99095 Erfurt, Deutschland
produktsicherheit@kolibri360.de